DE VILLA IN DE DUINEN

.

Anneriek van Heugten

De villa in de duinen

met illustraties van Wouter Tulp

Clavis

Andere boeken in de reeks Z.E.S. van Anneriek van Heugten
bij Clavis

Het spook van de vuurtoren
Het vergeten graf

Anneriek van Heugten
De villa in de duinen
© 2008 Clavis Uitgeverij, Hasselt – Amsterdam
Illustraties: Wouter Tulp
Omslagontwerp: Studio Clavis
Trefw.: erfenis, geheim, spanning
NUR 282/283
ISBN 978 90 448 0931 2
D/2008/4124/091
Alle rechten voorbehouden.

www.clavisbooks.com
www.anneriekvanheugten.com

Dit boek is gedrukt op papier met een certificaat
van de Forest Stewardship Council,
die verantwoord bosbeheer stimuleert.

1

'Moet je zien, papa! IJsschotsen!'

Met ogen die tranen van de kou kijkt Margot naar een klein jongetje, dat naast haar hard aan de arm van zijn vader trekt. De vader lacht en loopt gewillig mee.

'Kom, papa, we gaan dichterbij!'

Margot ziet de man en zijn zoontje in de richting van de branding lopen. Ze zijn niet alleen. Tientallen mensen hebben zich naar buiten gewaagd. Ze kijken en wijzen opgewonden naar de ijsschotsen die op de golven deinen en soms stukslaan op het strand.

Het is in jaren niet zo koud geweest. Al bijna twee weken vriest het elke dag minstens vijf graden. Margot kan zich niet herinneren dat ze ooit ijsschotsen op het strand heeft gezien.

Aan de vloedlijn staan geen zandkastelen, zoals in de zomer, maar grillige ijskastelen van een halve meter hoog.

Margot steekt haar handen dieper in de zakken van haar winterjack. De jas past nog net. Ze is hard aan een nieuwe toe. Ze hoopt maar dat mama deze week tijd heeft om met haar naar de winteropruiming te gaan. Met een beetje geluk vinden ze een jack met flinke korting.

Het is begin januari, de tweede week van de kerstvakantie. De feestelijkheden rond Kerstmis en Nieuwjaar zijn voorbij. Dat vind Margot niet zo erg.

Ze denkt aan de kleine kerstboom bij haar thuis. Tot papa werkloos werd, hadden ze elk jaar een kerstboom die tot het plafond reikte. Papa wilde dat graag, omdat zo'n grote boom hem deed denken aan de tijd dat hij klein was en nog in Esbjerg in Denemarken woonde. Opa en oma Fisker in Esbjerg stuurden elke Kerstmis koekjes en rood-wit gestreepte zuurstokken op. Die hingen Margot en haar broertjes dan in de boom.

Papa vertelde verhalen uit zijn jeugd. Verhalen over trollen en elfen, die in de dichte Scandinavische wouden wonen. Over Vikingen en goden, ijsprinsessen en toverkollen.

Margot droomde dan weg bij de eeuwenoude legendes uit het hoge Noorden en bedacht haar eigen sprookje. Ze fantaseerde over haar ouders: haar moeder als het mooie meisje uit Zandplaat, dat het hart veroverde van de knappe Deense prins met de wapperende blonde haren en de ijsblauwe ogen.

Dat sprookje was niet eens verzonnen. Papa leerde mama kennen toen hij in Zandplaat op vakantie was. Ze werden verliefd. Papa ging terug naar Denemarken, maar verhuisde een jaar later naar Zandplaat. Hij trouwde met mama, kocht een vissersboot en verdiende de kost met vissen op schol en tong. Ze kregen drie kinderen: Margot, Niels en Jelle.

Tot daar leek het verhaal van mama en papa inderdaad een sprookje. Maar ruim twee jaar geleden ging het steeds slechter met de visserij. Papa moest zijn vissersboot verkopen, want hij kon hem niet langer afbetalen. Margot weet nog dat hij het vertelde. Hij had tranen in zijn ogen. Margot huilde zelf ook, want ze was erg gehecht aan de boot.

Nu krijgt papa een uitkering, maar die is een stuk lager dan het loon dat hij als visser verdiende. Af en toe heeft hij een tijdelijk baantje. Meestal zit hij thuis. Hij vertelt geen verhalen meer.

Margot staart naar de koude, grijze zee en denkt aan haar vrienden. De meesten hebben een eigen computer of een mobieltje. Lars heeft zelfs een iPod.

Meestal is Margot niet jaloers. Ze is opgewekt van aard en hecht niet zoveel belang aan spullen. Als ze wil internetten, gaat ze naar de bieb. Bovendien is ze liever buiten of met haar handen bezig dan dat ze binnen achter zo'n apparaat zit.

Ze verdient wat extra zakgeld door klusjes te doen voor oudere mensen in Zandplaat, onder wie haar andere opa en oma. Dat geld zet ze opzij om een mp3-speler, een digitale camera of een mobieltje te kunnen kopen. Oma geeft haar naailes, zodat ze haar eigen kleren leert ontwerpen en maken. Samen hebben ze dan de grootste lol.

Toch valt het niet mee om met Kerstmis onbezorgd te genieten. Daarom wil Margot dat de kerstvakantie gauw voorbij is.

Ze begint te lopen, want ze krijgt het koud. Waar zal ze naartoe gaan? Naar huis wil ze niet, want haar broertjes lopen de hele dag voor haar voeten. Haar vrienden zijn allemaal weg of hebben iets anders te doen. Amber zit bij haar vader in München. Gina heeft bezoek van haar opa en oma uit Italië en Lars is gaan skiën. Daan is naar zijn pas teruggevonden familie in Brussel. Izmet heeft zijn flyboardvriend Jordy uit Duinvoorde te logeren.

Margot neemt zich voor een flinke wandeling over het strand te maken, tot voorbij Hoogduinen, het bungalowpark van Lars' ouders. Ze schopt met haar laarzen in het wit-bruine mengsel van sneeuw en zand waaruit het strand nu bestaat.

Margots neus is stijf van de kou. Ze duwt haar sjaal naar boven en trekt haar muts stevig over haar oren. Ze draait zich om en wil langs de vloedlijn weglopen, als ze plots een klap tegen haar schouder voelt.

'Au!' roept ze geschrokken. Aan haar voeten ligt een sneeuwbal. Die moet haar geraakt hebben. Ze kijkt speurend rond. Wie heeft dat ding tegen haar gegooid?

Dan ziet ze een man haastig naar zich toe komen. Het is de man die even daarvoor met zijn zoontje naar de ijsschotsen stond te kijken. Hij trekt het kereltje hardhandig met zich mee.

'Gaat het?' roept hij. 'Heb je pijn?'

'Mwah', mompelt ze een beetje verlegen. Ze beweegt haar schouderblad een paar keer heen en weer.

De man blijft hijgend voor haar staan. Hij geeft een ruk aan de arm van het jongetje.

'Zeg eens sorry', gebiedt hij.

Het ventje staart naar de grond. Hij zegt niets.

'Heb je me niet gehoord?' De vader klinkt nu echt streng.

Het jongetje tilt zijn hoofd op. De ijzige zeewind trekt aan de kwastjes op zijn groen-gele muts en aan de franjes van zijn groene wollen sjaal. Zijn wangetjes zijn rood van de kou.

'Sorry', mompelt hij. Hij haalt zijn neus op en veegt wat snot af met de mouw van zijn jas.

'Ik had hem verboden sneeuwballen te gooien', verontschuldigt de vader zich. 'Maar hij vond dat hij het toch moest doen.' Hij wendt zich tot zijn zoontje. 'We gaan onmiddellijk terug naar binnen. En daar blijf je de rest van de dag!'

'Maar ik wil bij de ijsschotsen spelen!' klaagt het jongetje.

'Dan had je maar moeten luisteren', houdt de vader vol.

'Ach, het is niet zo erg, meneer', glimlacht Margot.

Het jongetje kijkt nieuwsgierig naar haar. 'Hoe heet jij?' vraagt hij.

'Margot', zegt Margot.

'Ik heet Wessel', zegt hij. 'En ik ben vijf jaar!'

'Ik heb een broertje dat ook vijf jaar is', vertelt Margot. 'Hij heet Jelle. En hij is soms ook stout, net als jij.'

'Ik ben niet stout', pruilt Wessel.

De vader schiet in de lach. Hij steekt zijn hand uit. 'Evert Nieuwdorp', stelt hij zichzelf voor.

Margot schudt de uitgestoken hand. Ze kijkt de man onderzoekend aan. Ze heeft hem nooit eerder gezien. Hij lijkt best aardig.

'Woon jij in Zandplaat, Margot?' vraagt hij.

'Eh … ja', antwoordt Margot. Onmiddellijk vraagt ze zich af of ze dat wel moet vertellen aan een vreemde man.

Ineens voelt ze zich ongemakkelijk. Ze probeert met een smoes weg te komen.

'Ik moet nu weg, meneer. Ik eh … heb nog een afspraak.'

Ze wil zich uit de voeten maken, maar de man roept haar terug.

'Heb je zin om een paar ochtenden op Wessel te passen? Van morgen tot en met vrijdag?'

Verbaasd blijft Margot staan.

'Hoe bedoelt u?'

De man legt zijn handen op de schouders van zijn zoontje. 'Ik ben in Zandplaat voor zaken. Ik moest Wessel meenemen, omdat hij deze week bij mij is. Zijn moeder en ik zijn gescheiden. We logeren hier vlakbij in een huisje. Op Hoogduinen, het bungalowpark. Dat ken je vast wel.'

Margot knikt. 'De ouders van een vriend van mij zijn de eigenaars. Ik ga er wel eens zwemmen in het tropisch zwembad.'

'Ik kan Wessel niet meenemen naar mijn afspraken, maar ik kan hem ook niet alleen laten', vervolgt de man. 'Je kunt er wat mee verdienen. En omdat je zei dat je zelf een broertje van vijf had, dacht ik ...' De man kijkt haar hoopvol aan.

'Eh ...' Margot aarzelt. 'Dat moet ik thuis eerst vragen.'

'Dat begrijp ik', knikt Evert Nieuwdorp. 'Hier, ik geef je mijn kaartje. Bel me op mijn mobiele nummer als je een beslissing genomen hebt. Als het kan vandaag nog. Ik betaal je tien euro per dag.'

Het duizelt Margot. Verward neemt ze het kaartje aan. Tien euro per dag? Vanaf morgen tot en met vrijdag? Dat zijn drie ochtenden! Dertig euro!

Dan begint ze te stralen. 'Ik ga het meteen vragen, meneer! Bedankt!' Ze begint te rennen. 'O ja, nog een gelukkig Nieuwjaar!' roept ze over haar schouder.

'Gelukkig Nieuwjaar!' Evert Nieuwdorp steekt zijn hand op. Wessel zwaait fanatiek mee met twee in gifgroene wanten gestoken handjes.

2

'Mam!' roept Margot opgewonden. In de kleine bijkeuken schopt ze haar laarzen uit en rukt ze haar muts en sjaal af. Ze wurmt zich uit haar jas en gooit hem slordig over de kapstok. 'Mam! Ik heb een baantje! Tien euro per dag! Het mag toch wel, hè? Mam?'

Met fonkelende ogen stuift ze de woonkamer in. Mama staat bij de lage kast waar de kerstboom op staat. Een voor een plukt ze de lampjes uit de boom en ze rolt het snoer voorzichtig op.

Papa zit met zijn rug naar mama toe in een fauteuil. Hij heeft een krant in zijn handen.

Margot schraapt haar keel en haalt diep adem. 'Papa, mama, ik kan tien euro per dag verdienen. Drie dagen na elkaar! Mag het, alsjeblieft?'

'Tien euro?' Papa draait zich om in zijn fauteuil en kijkt haar wantrouwig aan. 'En wat moet je daarvoor doen?'

'Op een klein jongetje passen. Hij heet Wessel en is vijf jaar. Zijn vader is hier voor zaken.'

'Geen mensen uit Zandplaat dus?' vraagt mama bezorgd.

Margot schudt haar hoofd.

'Die vent kan zeggen wat hij wil', werpt papa tegen. 'Daar ga jij niet zomaar naartoe.'

'Hoe heb jij die meneer ontmoet?' komt mama tussenbeide.

'Ik zag hem op het strand. Zijn zoontje gooide met een sneeuwbal en raakte me per ongeluk. Kijk, hier is zijn kaartje. Hij logeert op Hoogduinen in een bungalow.'

Margot steekt met een smekende blik in haar ogen het visitekaartje uit naar haar moeder. Aarzelend neemt mama het aan.

'Evert Nieuwdorp', leest ze hardop. 'Advocaat.' Mama geeft het visitekaartje aan papa, die er een poosje naar staart en het dan teruggeeft.

'Zo'n gladde jongen zeker. Vol praatjes en niet te vertrouwen', mompelt hij.

'Mag het?' dringt Margot aan. 'Ik heb beloofd dat ik hem zou bellen.'

'Jij gaat niet oppassen bij onbekenden', zegt papa stellig. 'Bovendien ben je pas elf. Dat is veel te jong om op te passen.'

'Over drie weken word ik twaalf!' roept Margot wanhopig. 'En ik moet soms toch ook op Jelle passen?'

'Dat is niet hetzelfde', houdt papa vol.

Margot voelt de moed in haar schoenen zinken. Mama komt haar te hulp. 'Nou, dan ga je toch naar het bungalowpark en maak je kennis met die man', stelt ze papa voor.

Papa schudt nors zijn hoofd. 'Geen tijd. Ik moet nog een paar mensen bellen. Het gaat over werk.'

Hij pakt de telefoon, maar toetst nog geen nummer in. Zwijgend blijft hij met de telefoon in zijn hand zitten tot mama en Margot de kamer uit gaan.

'Laat hem maar', zucht mama, als ze in de keuken zitten. 'Hij draait wel bij.'

Margot knikt. 'Ja, mama, maar ik zou morgen moeten beginnen. Ik kan niet wachten!'

Mama streelt Margot over haar hoofd. Haar vingers verdelen het steile, lichtblonde haar liefdevol in strengen, die ze automatisch begint te vlechten. Ongeduldig trekt Margot haar hoofd terug. De tijd dat ze vlechtjes droeg, is allang voorbij.

'Mama, toe nou, mag het?' zeurt ze.

'Hij heeft natuurlijk wel gelijk', vindt mama. 'We kennen die man helemaal niet. Het is normaal dat papa bezorgd is. Dat ben ik ook. Maar we zouden aan meneer Nieuwdorp kunnen voorstellen dat zijn zoontje bij ons komt. Hij is even oud als Jelle, dus misschien vinden ze het wel leuk om samen te spelen.'

'Maar dan ben ik toch geen oppas?' protesteert Margot. 'En dan loop ik die tien euro mis!'

'We zullen Wessel opvangen voor tien euro per ochtend. Jij zorgt ervoor dat Jelle en Wessel hier de boel niet afbreken en jij verzint dingen om ze bezig te houden. Dan is dat geld natuurlijk voor jou. Bel meneer Nieuwdorp maar op om dit te vertellen.'

'Ik kan niet bellen. Papa heeft de telefoon', pruilt Margot.

Mama geeft haar lachend een knuffel. 'Die heeft hij heus niet de hele middag nodig, hoor!'

3

Precies om halfnegen de volgende ochtend gaat de bel. Een beetje nerveus loopt Margot naar de voordeur. Halverwege de gang schiet Jelle haar voorbij. Voor ze iets kan zeggen, heeft hij de deur van het slot gedraaid en opengetrokken.

Margot rilt als een golf winterlucht de gang in stroomt. Het heeft vannacht opnieuw gesneeuwd. De platgereden sneeuw op straat glimt zacht in het oranje licht van de straatlantaarns, die nog aan zijn.

Voor de deur staat, met draaiende motor, een zwarte Alfa Romeo. Op het dak en de motorkap ligt een paar centimeter sneeuw. De voorruit is net genoeg schoongeveegd om erdoorheen te kunnen kijken.

'Hallo!' roept Jelle enthousiast. Hij begint te springen. Zijn blonde krullen dansen om zijn hoofd.

'Jelle, rustig', klinkt mama's stem achter Margot. 'Goedemorgen, meneer Nieuwdorp.' Ze geeft de man een hand. 'Renate Fisker, de moeder van Margot. Aangenaam kennis met u te maken.'

Ze laat haar blik een beetje zakken. 'En jij bent natuurlijk Wessel. Jelle vraagt al de hele ochtend wanneer zijn nieuwe vriendje komt.'

'Ik heb dino's!' roept Jelle. 'Ga je mee kijken naar mijn dino's?'

Wessel staat aan de hand van zijn vader. Hij lacht een beetje verlegen.

'Toe maar', spoort Evert Nieuwdorp hem aan. 'Je kent Margot toch nog wel? Van gisteren?'

Wessel knikt, maar beweegt niet. Zijn adem komt in kleine wolkjes uit zijn mond.

'Thuis heeft hij praatjes genoeg, hoor', zegt zijn vader.

'Doe je jas en je laarzen maar uit, Wessel', zegt mama. 'Heb je zin in chocolademelk?'

Aarzelend stapt Wessel de gang in. Margot hurkt voor hem en helpt hem de rits van zijn winterjack open te doen. Ze trekt zijn laarsjes uit en klopt de sneeuw eraf.

'Dat komt helemaal goed, dat zie ik wel', lacht meneer Nieuwdorp.

Mama lacht terug. 'Ik heb geregeld oppaskinderen', verklaart ze. 'En ze zijn allemaal dol op Margot. Trouwens, ik hou sowieso een oogje in het zeil.'

'Dat is niet nodig, mam', sputtert Margot. Ze vindt het niet leuk dat mama dat zegt. Alsof ze denkt dat Margot het niet alleen aankan.

'Dinooo's!' brult Jelle. Hij grijpt Wessel bij de arm en sleurt hem verder de gang in.

'Krijg ik nog een zoen?' roept Evert Nieuwdorp.

Wessel loopt terug, geeft zijn vader een snelle kus en haast zich weer achter Jelle aan. Die is de trap al op gestoven naar de kamer die hij deelt met Niels.

'Ik ben erg blij dat u Wessel wilt opvangen, mevrouw Fisker', zegt Evert Nieuwdorp. 'Het stond al heel lang vast dat ik hem deze week bij me zou hebben. Daar had ik mijn agenda op afgestemd. Maar toen zijn enkele zakelijke afspraken plots verzet. Ik zat echt even met de handen in het haar. Gelukkig kwamen we gisteren Margot tegen, al was het misschien niet op zo'n prettige manier.' Hij kijkt naar Margot. 'Doet je schouder nog pijn?'

'Welnee', schudt Margot haar hoofd.

Meneer Nieuwdorp werpt een blik op zijn horloge. 'Ik moet nu echt weg. Nogmaals bedankt voor uw moeite. Ik ben rond twaalf uur terug. Enne … sterkte.' Hij knipoogt naar Margot.

'Dat zal wel lukken', stelt mama hem gerust. 'Laat dat maar aan Margot over.'

Als mama en Margot zich omdraaien, zien ze papa. Hij staat in de deuropening van de woonkamer geleund en kijkt de gang in.

'Wat een praatjesmaker', snuift hij.

'Ik vond hem anders erg aardig', werpt mama tegen. 'En Wessel lijkt me een kleine dondersteen. Net als Jelle. Ik wed dat die twee het goed met elkaar kunnen vinden. Waarom ben je trouwens niet even goeiendag komen zeggen?'

'Ja, en dan vraagt die vent: "En wat doet u, meneer Fisker?" Wat moet ik dan zeggen? Ik zit al meer dan twee jaar thuis?'

Papa draait zich om en sloft terug de woonkamer in. Margot ziet de gekwetste blik in mama's ogen.

4

Het klikt meteen tussen Jelle en Wessel. Ze halen alle speelgoeddino's uit de kast.

Even later zijn de rubberen t-rexen en brontosaurussen verwikkeld in een bloeddorstig gevecht. Gelukkig is Niels naar een vriendje gegaan en rommelt papa wat in het schuurtje. Ze zouden knettergek worden van het gebonk op de houten vloerplanken en het gejoel van de twee jongetjes. Ook Margots oren toeteren ervan.

'Hé, jongens!' roept ze halverwege de ochtend. 'Kijk eens, het sneeuwt weer!'

Binnen twee seconden staan Jelle en Wessel met hun gezichtjes tegen het raam geplakt.

'Gaan we een sneeuwman maken?' roept Jelle.

'Jaaaa!' jubelt Wessel. 'Een sneeuwman!'

Ze denderen de trap af. Margot pakt ze helemaal in. Dikke jassen, mutsen, sjaals, laarzen.

'Mam, we gaan naar de dijk!' roept ze naar binnen. 'Tot straks!'

'Ben je wel voorzichtig?' waarschuwt mama, die in de keuken aan het strijken is.

'Jahaa!' Margot rolt met haar ogen en haast zich achter de jongens aan.

'Hé, Margot! Pas op!'

Voor Margot beseft wat er gebeurt, heeft ze een sneeuwbal in haar nek. Ze gilt en draait zich om. Ze ziet haar vriendin Gina met haar vijftienjarige tweelingbroers Carlo en Seppe zwaaiend op zich afkomen. Carlo bukt zich om nog een sneeuwbal te draaien, maar Margot is hem te vlug af. Een dikke sneeuwbal spat uit elkaar tegen zijn rug. Seppe schept een nieuwe sneeuwbal om naar Margot te gooien, maar hij heeft buiten Gina gerekend. Voordat Seppe zijn bal kan gooien, duwt Gina een handvol sneeuw in het gezicht van haar broer. Gillend van het lachen wordt ze op haar beurt door Carlo ingewreven.

'Jelle, Wessel, kom eens helpen!' roept Margot naar de twee kleintjes, die druk bezig zijn de buik van de sneeuwman te rollen. 'We moeten sneeuwballen gooien naar die grote jongens!'

Dat hoeft ze maar één keer te zeggen. Jelle en Wessel schrapen de sneeuw met armenvol van de grond en rennen ermee naar Carlo en Seppe. Gina komt hijgend en met fonkelende ogen naast Margot staan. Ze proest en veegt de laatste restjes sneeuw uit haar gezicht, dat rood is van de kou.

Schaterend kijken Margot en Gina naar de twee kleine jongetjes, die hun lading sneeuw tegen de tweeling aan gooien. Carlo en Seppe jammeren en kermen en houden hun armen boven hun hoofd, alsof ze doodsbang zijn voor de twee kleuters. Die rollen bijna om van het lachen.

'Gelukkig Nieuwjaar', zegt Gina vrolijk, terwijl ze een arm om Margot heen slaat.

'Jij ook een gelukkig Nieuwjaar', lacht Margot.

'Wie is dat jongetje? Een nieuw vriendje van Jelle?'

'Een oppaskindje. Van mij, niet van mijn moeder. Ik krijg tien euro per dag om drie ochtenden op hem te passen.'

'Waw, dat is snel verdiend.' Gina trekt haar muts van haar hoofd, schudt de sneeuw eraf en plant hem vervolgens weer op haar zwarte haren.

'Wat wens je voor het nieuwe jaar?' vraagt ze aan Margot.

'Een baan voor mijn vader.'

Het is eruit voor Margot er erg in heeft. Terwijl ze dat helemaal niet wilde zeggen.

Voorzichtig kijkt ze opzij, recht in Gina's zwarte, meelevende ogen.

'Was het erg vervelend?' vraagt Gina ten slotte.

Margot haalt haar schouders op. 'Gaat wel.'

Meer hoeft ze niet te zeggen. Gina weet precies wat ze bedoelt. Gina is dan ook niet zomaar een vriendin. Gina is Margots nichtje. Ze zijn even oud. Nou ja, Margot is een week ouder. Hun moeders zijn zussen. Of waren, want Gina's moeder is ruim twee jaar geleden gestorven. Ongeveer in dezelfde periode moest Margots vader zijn boot verkopen. Dat was een hele nare tijd.

Gina's vader is een Italiaan. Net als Margots vader een vakantieliefde die in Zandplaat is blijven hangen. Hij heeft een restaurant op de Boulevard. Gina lijkt sprekend op hem, met haar zwarte haar en zwarte ogen. Omdat Margot zo bleek en blond is en blauwe ogen heeft, vinden veel mensen het moeilijk te geloven dat ze familie van elkaar zijn.

'Ik wens hetzelfde', knikt Gina. 'Als we het met z'n tweeën wensen, dan komt het vast wel goed. Het bestáát gewoon niet dat je vader geen werk vindt.' Ze zegt het zo vastberaden, dat Margot bijna in de lach schiet.

Margot voelt zich ineens een grote zeurpiet. Wat staat ze nou te klagen? Haar vader heeft geen baan, maar hij is er tenminste nog. Gina's moeder is weg. Voor altijd.

En toch is Gina bezorgd om Margot. Typisch. Gina denkt altijd eerst aan anderen en dan pas aan zichzelf. Een warm gevoel stroomt door Margots lijf. Ze slaat haar armen om haar nichtje heen en geeft haar een knuffel.

'Bedankt', fluistert ze. 'Hoe was het bij jou?'

'Ach', zegt Gina. 'Het is nooit meer hetzelfde zonder mama.' Ze slaat haar ogen neer en tekent met haar laars figuren in de sneeuw.

'Zeg, weet je wat papa vanochtend zei?' verandert ze dan van onderwerp. 'Villa Amandine wordt afgebroken.'

'Echt?' vraagt Margot verbaasd.

Villa Amandine is een stokoud huis in de duinen. Het staat al jaren leeg. Vroeger speelden Margot en Gina samen met Lars, Daan en Izmet weleens op de veranda van de villa. Sinds een paar jaar zijn de meeste ramen en deuren stevig dichtgetimmerd. Bovendien heeft mama Margot en haar broertjes verboden naar Villa Amandine te gaan. Niet alleen vanwege het instortingsgevaar. Vorig jaar zijn er ook sigarettenpeuken, drankflessen en zelfs drugsspuiten in de buurt gevonden.

'Ik vind het wel jammer', zucht Gina.

'Ach', zegt Margot. 'Het is een oud krot.'

'Maar we hebben er zoveel herinneringen aan!'

'Dat is waar', mijmert Margot. 'Weet je nog dat Daan door die verrotte plank op de veranda zakte en bleef steken met zijn voet?'

'Ja', schatert Gina. 'We kregen hem bijna niet meer los! En toen viel zijn schoen nog in het gat ook.'

'Wat heeft hij op zijn kop gehad thuis!'

'Hoe lang is het geleden dat we er geweest zijn?'

'Pff, ik weet het niet.' Margot denkt na. 'Zeker al meer dan een jaar. Zullen we er nog eens naartoe gaan?'

'Waarom?'

'Nou, gewoon. Kijken wat er nog van over is. Voor het te laat is. Vanmiddag of zo.'

'Maar de ramen zijn dichtgetimmerd', weifelt Gina. 'En er staat een hek omheen. Trouwens, misschien lopen er junks rond.'

'Met dit weer? Vast niet', houdt Margot vol. Hoe meer ze erover nadenkt, hoe enthousiaster ze wordt.

'We kunnen altijd eens gaan kijken', geeft Gina toe. 'Ik heb vanmiddag toch niks te doen. Papa en ik zouden *nonno* en *nonna** naar de luchthaven brengen. Maar de vlucht gaat niet door. Het weer is te slecht. Nu blijven ze nog een paar dagen langer bij ons.'

'Heb je nog goede voornemens voor het nieuwe jaar?' vraagt Margot.

'Niet meer zo snel blozen en minder chocolade eten', somt Gina op. 'Ik krijg er puistjes van en ik word te dik.'

'Dik? Jij? Je bent gek. Je bent zo dun als een spaghetti-sliert!' roept Margot. 'Hier, eet dit. Nul calorieën!' Ze bukt zich, raapt een handvol sneeuw op en duwt die razendsnel in Gina's mond.

'Pestkop! Ik krijg je wel!' Hikkend, proestend en lachend spuwt Gina de sneeuw op de grond.

Margot zet het op een lopen. 'Ik moet naar huis met Jelle en Wessel!' roept ze over haar schouder. 'Ik zie je vanmiddag bij de villa!'

* *opa en oma*

5

Om twaalf uur heeft Evert Nieuwdorp Wessel opgehaald. Wessel was het liefst de hele dag bij Jelle blijven spelen, maar toen zijn vader beloofde dat ze 's middags zouden gaan schaatsen, ging hij zonder mopperen mee. Lachend haalde Evert Nieuwdorp zijn portefeuille tevoorschijn, en met een 'bedankt en tot morgen' gaf hij Margot een briefje van tien euro.

Margot heeft het geld in haar portemonnee gestopt. Mama vindt dat ze het op de bank moet zetten, maar Margot vindt het veel leuker om het nog even zelf te houden. Het geeft haar een lekker rijk gevoel. Als ze eenmaal haar dertig euro heeft, zal ze die wel in één keer op de bank zetten.

Ze eet snel een boterham en staat op het punt haar jas aan te trekken, als mama verbaasd de bijkeuken binnenkomt.

'Waar ga je naartoe?'

'Ik heb vanmiddag met Gina afgesproken', antwoordt Margot.

'Je moet je kamer nog opruimen.'

'Ma-ham!' protesteert Margot. 'Het is vakantie!'

'En dan? Ik ga toch ook gewoon door met poetsen en wassen en koken?'

Margot zucht. 'Mag ik het straks doen? Ik ga het écht doen, hoor.'

Mama schiet in de lach. 'Vooruit. Maak dan maar dat je

wegkomt, voor ik van gedachten verander. En o ja, morgenmiddag moet je vrijhouden, want dan gaan we naar Duinvoorde. Kijken voor een nieuwe jas.'

'Fijn! Tot straks.' Margot doet de achterdeur open.

'Om vijf uur thuis!'

Margot zwaait om te laten zien dat ze het begrepen heeft.

Ze loopt door de poort en het brandgangetje de straat op. Er is gestrooid, maar niet op de trottoirs. De sneeuw is al aardig platgelopen. Hier en daar zitten glimmende plekken, die spiegelglad zijn.

Margot slaat rechtsaf, in de richting van de zee. Aan het eind splitst de straat zich in tweeën. Linksaf ga je de Boulevard op. Daar zijn de boetieks, winkeltjes, restaurants en terrasjes.

Achter de winkeltjes staan enkele hoge flatgebouwen. In de zomer zitten ze vol toeristen. Nu zijn er maar een paar flats bewoond.

Veel winkeltjes zijn gesloten. Sommige eigenaren hebben ook een zaak ergens in het binnenland en houden hun winkeltje aan de kust alleen open in het seizoen. Maar de fietsenzaak van Izmets vader en het restaurant van oom Massimo, Gina's vader, draaien het hele jaar door.

Rechtsaf is de dijk, die een heel eind doorloopt langs de vuurtoren en voorbij bungalowpark Hoogduinen. Hier en daar staan bankjes, waarop je naar de zee kunt zitten kijken. In de zomer krioelt de dijk van de fietsen, buggy's, skelters, skateboards en skeelers. Nu lopen er alleen enkele wandelaars met hun hond. Een stuk of vijf kinderen spelen in de sneeuw.

Margot glimlacht als ze de sneeuwman ziet die Wessel en Jelle die ochtend gemaakt hebben. Met zijn walnootogen kijkt hij uit over de zee, alsof hij wacht op een schip dat moet binnenvaren.

Margot loopt een stukje terug. Ze slaat linksaf de duinen in. Er is een pad, maar dat is niet te zien. Margot stapt op goed geluk de ongerepte sneeuw in. Haar laarzen zakken diep weg. Bij elke pas hoort ze gekraak, alsof de sneeuw protesteert tegen de voetstappen die zomaar het mooie witte plaatje verstoren.

Villa Amandine staat midden in de duinen, tussen de dijk en het dorp in. Margot blijft stilstaan voor het hek. Er zit een ketting met een hangslot aan.

Shit, denkt Margot. Misschien kunnen we niet eens naar de villa toe.

Ze rammelt aan het slot. Tot haar verbazing geeft het mee. Ze kan de ketting zomaar lostrekken. Dat is een meevaller. Iemand moet het slot ooit geforceerd hebben.

Er is geen enkele beweging. De villa zelf lijkt bevroren. Stil en wit golven de duinen rond het huis. Het enige geluid komt van de zee, die achter de dijk steeds hoger het strand op kruipt.

Een stenen trap geeft toegang tot het verandaterras van

Villa Amandine. De veranda wordt overdekt door een galerij met gebarsten zuilen en bogen. De traptreden gaan schuil onder een laag sneeuw, maar toch kun je zien dat van sommige een stuk is afgebroken.

Boven de galerij is een ovaal mozaïek ingemetseld. Talloze piepkleine tegeltjes in zachtblauw, geel, groen en zwart hebben ooit een strandtafereel voorgesteld. In het midden stond in sierlijke letters *Villa Amandine*. Verschillende letters zijn onleesbaar geworden.

Het huis heeft drie verdiepingen en een zolder. Helemaal bovenin zit een rond glas-in-loodraam. Het is een van de weinige die niet zijn dichtgetimmerd. De goot is gevuld met sneeuw. Aan de rechterkant van het dak is hij doorgezakt. Een regenpijp is afgebroken. Lange ijspegels hangen aan de onderkant.

Het pleisterwerk aan de buitenkant van de villa bladdert af. Margot weet dat de dakleien gebarsten en op sommige plaatsen verdwenen zijn. Maar daar is nu niets van te zien. Dankzij de zachte sneeuwdeken ziet Villa Amandine er minder als een bouwval uit.

'Hoi!'

Margot draait zich om. Ze ziet haar nichtje door de sneeuw ploeteren.

'Ik stap in jouw sporen, dat gaat beter!' roept Gina. Als ze naast Margot staat, kijkt ze teleurgesteld naar het hek rond het huis en het hangslot dat eraan hangt.

'We kunnen er niet bij', zegt ze met spijt in haar stem.

'Het slot is al open', grinnikt Margot. 'We hoeven alleen maar het hek open te trekken.'

'Dat zal niet meevallen', zucht Gina. 'Met dat pak sneeuw.'

'Niet zeuren', vindt Margot. 'Help me liever even.' Ze begint met handen en voeten de sneeuw aan de kant te schuiven.

Even later kunnen ze het hek een centimeter of vijftig opentrekken. Ze wurmen zich door de opening. Ze moeten hun benen hoog optrekken als ze door de diepe laag sneeuw naar het huis toe lopen. Ten slotte staan ze voor de trap van Villa Amandine.

'En nu?' vraagt Gina.

'Eens rondkijken', antwoordt Margot.

Ze lopen rond het huis, breken een paar ijspegels van de leuning van de veranda af en steken die in hun mond als een lolly. Ze lachen als ze het gat zien op de plek waar Daan door het terras is gezakt.

'Hé, kijk eens', wijst Margot.

Vlak boven de grond steekt de helft van een klein venster boven het pak sneeuw uit. Een grillige barst loopt van de linkerbovenhoek naar beneden en verdwijnt in de sneeuw.

'Dat is zeker een kelderraam', veronderstelt Gina.

Margot veegt de sneeuw voor het raampje weg en tuurt naar binnen.

'Ik zie niks', zegt ze. 'Alleen spinnenwebben.'

'Jammer', schokschoudert Gina. 'Ik zou best eens in de villa willen kijken.'

'Zullen we?' vraagt Margot ondeugend. Ze knikt in de richting van het raampje.

'Hoezo?'

'Nou, als de villa toch wordt afgebroken…'

Ze haalt uit met haar been. Met een goedgemikte schop trapt ze het ruitje aan gruzelementen. Rinkelend als ijsblokjes in een glas vallen de scherven op de stenen keldervloer.

'Margot!' schrikt Gina. 'Wat doe je nu?' Angstig kijkt ze om zich heen.

'Er is hier toch niemand', sust Margot. 'Ik wed dat we best door dat raampje naar binnen kunnen. Jij in ieder geval, spaghettisliert', voegt ze er plagend aan toe. Met haar vingers, beschermd door haar dikke handschoenen, peutert ze de laatste scherven uit de sponning.

'Als je maar niet denkt dat ik eerst ga', protesteert Gina.

Margot trekt haar winterjas uit en gaat achterstevoren op haar knieën voor het raampje zitten. Ze voelt hoe haar spijkerbroek nat wordt. De vrieskou bijt dwars door de stof heen in haar huid. Voorzichtig kruipt ze achteruit, met haar benen door het raampje.

Als ze half in de kelder hangt, voelen haar voeten houvast. 'Hier staat iets', kreunt ze. 'Een stoel of zo. Makkelijk zat.'

Twee minuten later hangt ook Gina achterstevoren door het raampje.

'Toe maar', spoort Margot haar aan. 'Je bent er bijna.'

Als Gina op haar beurt met een zachte plof op de stenen vloer terechtkomt, kijken ze elkaar samenzweerderig aan.

Ze zijn binnen!

6

Het is steenkoud in de kelder, het ruikt er muf en het is er donker. Het enige licht dat naar binnen valt, komt door de opening van het kapotgeslagen ruitje. Margot rilt en trekt gauw haar jas weer aan.

Gina knipt een zaklantaarn aan.

'Hé, hoe kom je daaraan?' vraagt Margot verbaasd.

'Gepikt van Seppe', grinnikt Gina. 'Ik had zomaar het idee dat het licht het niet zou doen in dit huis.'

Margot lacht. 'Slim. Dat ik daar zelf niet aan gedacht heb!'

Gina schijnt met de lamp over de vloer van vaalbruine plavuizen en richt hem daarna omhoog. Tegen een van de muren zien ze een aanrecht van zwart graniet met een ruime, vierkante spoelbak. Erboven hangt een grote kraan, die vastzit aan een ingewikkeld systeem van buizen, die op hun beurt uitkomen in een enorme warmwaterboiler. Onder het aanrecht hangen keukenkastjes. Een van de deurtjes hangt scheef in zijn scharnieren. Een ander kastje heeft niet eens meer een deurtje. Op de planken staan een paar stoffige glazen schalen in elkaar gestapeld.

In de hoek staat een ouderwets, half verroest fornuis op pootjes, met draaiknoppen aan de voorkant en een dichte ovendeur met een hendel. Aan haken in het plafond hangen zware, gietijzeren steelpannen, bedekt met een laag stof.

'De keuken', fluistert Margot. 'Hier zijn we vroeger nooit geweest.'

'Nee', giechelt Gina. 'Omdat Izmet altijd beweerde dat er spoken zaten, weet je nog?'

'Wel raar, hè, een keuken in de kelder', vindt Margot. 'Zullen we eens verder kijken?'

Gina knikt. Voorzichtig schuifelen ze de keuken uit, de gang in. Daar zien ze een trap naar de begane grond en een deur die half openstaat.

Margot duwt er zachtjes tegen. De scharnieren krijsen alsof ze al honderd jaar niet meer bewogen hebben.

Ze komen in een kleine ruimte met een stenen vloer en een tafel tegen de muur. Naast de tafel staat een grote houten kast, die doorloopt tot aan het plafond. Op ongeveer een meter van de grond zit een opening met verticale schuifdeurtjes in de kast. Margot ziet dat er touwen in hangen.

'Wat is dat?' vraagt ze verbaasd.

Gina richt de lichtbundel op de kast. 'Een etenslift!' jubelt ze.

'Een wat?' Margot loopt naar de kast en voelt aan het touw.

Gina duwt de zaklamp in Margots handen. Ze schuift de deurtjes een stukje verder uit elkaar. 'Zoiets hebben wij ook', vertelt ze. 'Kijk.'

Ze pakt een van de touwen met twee handen vast en trekt eraan. Ze horen dat hoog boven hen iets zich met geknars in beweging zet.

Gina trekt uit alle macht. Langzaam maar zeker komt een houten liftje met twee planken naar beneden zakken. 'Goh zeg, dat ding mag ook wel eens gesmeerd worden', puft Gina. Ze blaast het stof van de planken en moet prompt niezen.

Margot kijkt nieuwsgierig naar de lift. 'Ik snap het al', zegt ze. 'De keukenmeid zette hier de schalen met eten in de lift, en boven in de eetkamer stond iemand die ze omhoogtrok.'

'Juist', knikt Gina. 'Bij ons in het restaurant doen we dat ook met de bestellingen van de bovenverdieping. Alleen is onze lift elektrisch.'

'Vet', grijnst Margot. 'Zullen we hem eens uitproberen?'

'Hoezo?' vraagt Gina.

'Nou, een van ons gaat boven staan en de ander legt hier iets in de lift. Degene die boven staat, trekt de lift omhoog, haalt het voorwerp eruit en legt er iets anders in. Dan is het telkens een verrassing wat je krijgt.'

'We hebben maar één zaklamp', aarzelt Gina.

'Dat is toch geen probleem? Je legt de zaklamp er iedere keer gewoon bij. Dan zie je wat je krijgt en je hebt meteen licht om iets nieuws te zoeken', houdt Margot vol.

'Maar we weten toch niet in welke kamer de lift uitkomt?'

'Dan moeten we dat uitzoeken, hè?'

'Maar niet alleen!'

Margot zucht. Gina kan soms zo'n bangerik zijn!

'Ik ga wel naar boven', zegt ze. 'Met de lamp.'

'Dan sta ik hier in het donker!'

'Het is maar voor even.'

'Oké dan', geeft Gina ten slotte toe. 'Maar schiet wel op, hè?'

'Ik doe mijn best', grinnikt Margot. Ze loopt de bijkeuken uit en zet haar voet op de onderste trede van de trap naar de begane grond. 'Kijk jij intussen maar of je iets kunt vinden om in de lift te leggen.'

'Ik zie niks!' protesteert Gina.

'Luister dan of je de spoken hoort!'

'Zeg!'

'Grapje', giechelt Margot. Zo snel als ze kan, loopt ze de trap op.

7

De trap komt uit in de hal op de begane grond. Midden op de vloer ligt een oude, kapotte kroonluchter. De glazen druppels zien grijs van het stof. Enkele kaarsjes zijn afgebroken. Margot richt de zaklamp op het plafond. Waar ooit de kroonluchter gehangen moet hebben, zit een groot gat. Zou die lamp vanzelf naar beneden gekomen zijn? Of zouden de junks die hier vorig jaar zaten hem van het plafond hebben gerukt?

Voorzichtig stapt ze om de kroonluchter heen en ze duwt tegen een van de deuren in de hal. Met ingehouden adem gluurt ze de kamer in. Ze voelt de vochtige, ijzige kou van het huis door haar jas dringen.

Op de binnenkant van de dichtgetimmerde ramen zitten ijsbloemen. Er hangt een pegel aan de vensterbank. Zelfs in huis vriest het dat het kraakt.

Margot schijnt met de zaklamp in alle hoeken. De weinige meubels in de kamer zijn half vergaan. Er liggen grote lappen behang op de grond, die door de vochtigheid van de muur hebben losgelaten.

Maar daar, in de hoek, staat de etenslift. Margot loopt ernaartoe en schuift de deurtjes open.

'Halloooo!' roept ze naar beneden. 'Gina! Ben je er nog?'

'Wat dacht je!' hoort ze een stem onder in de schacht. 'Waarom duurde het zo lang? Ik sta hier te vernikkelen van de kou!'

'Ik trek de lift naar boven!' roept Margot. 'Je krijgt hem zo terug. Met de lamp!'

Als ze aan het touw trekt, komt de lift krakend omhoog. Margot speurt rond, op zoek naar iets dat ze erin kan leggen.

De meeste dingen in de kamer zijn te groot voor de etenslift. Achter in een oude kast ontdekt ze een antieke soepterrine met een barst over de hele lengte. Als ze hem oppakt, breekt hij in twee stukken.

Ze zet de gebroken soepterrine in de lift, legt de zaklamp ernaast en roept met een bekakte stem naar beneden: 'Attentie, keukenbrigade! Er is een ongelukje gebeurd bij het diner! Trekken maar!'

Ze giechelt in zichzelf.

'Oké!' klinkt het beneden. Even later begint de lift te schokken en verdwijnen de soepterrine en de lamp beetje bij beetje in de schacht. Ineens is het stikdonker in de kamer, op enkele streepjes licht na die door de kieren van de planken voor de ramen piepen.

Margot wacht gespannen op Gina's reactie.

Die komt al snel. 'Hebben de dames en heren weer met het serviesgoed zitten gooien?' roept Gina gespeeld verontwaardigd terug. 'Zo houden we potverdorie geen bord meer over!'

Margot schiet in de lach. Gina speelt het spel goed mee. Vol spanning wacht ze op het sein dat ze de lift weer omhoog kan trekken.

'Hier komt het dessert!' roept Gina. 'Hijsen maar!'

Zodra de lift verschijnt, ziet Margot wat Gina bedoelt. Er ligt een oude puddingvorm in de lift. Met een minichocoladereepje erin.

'Dank je wel!' roept Margot naar beneden. 'Maar hoe oud is die chocola en waar heb je hem gevonden?'

'Geen zorgen', schatert Gina vanuit de kelder. 'Die zat in mijn jaszak!'

Margot zoekt zich een ongeluk in de kamer, maar er is niets meer te vinden dat in de lift past.

'Komt er nog wat van?' roept Gina ongeduldig.

'Ogenblikje!' Margot zoekt in de zakken van haar jas en broek. Het enige wat ze kan vinden, is haar portemonnee. Vooruit dan maar.

'Een fooi voor het uitstekende personeel!' roept ze uitgelaten. Hup, daar gaat de lift weer.

Maar ineens blijft het touw steken. Het staat strak gespannen, en Margot ziet aan de schokjes dat Gina eraan trekt, maar er zit geen beweging meer in.

'Wat gebeurt er?' roept ze onzeker.

'De lift zit vast!' Gina's stem klinkt opeens erg ver weg.

Margot rukt op haar beurt aan het touw, maar hoe hard ze ook haar best doet, het zit muurvast. Een beetje in paniek stommelt ze door de donkere kamer naar de hal, struikelt bijna over de kapotte kroonluchter en vindt op de tast de weg terug naar de kelder.

'Mijn portemonnee zit erin', jammert ze als ze bij Gina aankomt. 'Met de tien euro van vanochtend!'

'Shit', mompelt Gina. 'Kom, we proberen het samen.'

Ze gaan met hun volle gewicht aan het touw hangen. Zonder resultaat.

De tranen springen Margot in de ogen. 'Wat moeten we nu doen?'

Gina slaat een arm om haar heen. 'We vinden er vast wel wat op. Trouwens, we moeten wel, want Seppe zal ook niet blij zijn als ik hem vertel dat zijn zaklamp vastzit in de etenslift van Villa Amandine!'

Ondanks haar tranen schiet Margot in de lach. Gina mag dan soms een bangerik zijn, als er echt problemen zijn, houdt ze het hoofd koel.

'Ik weet iets', zegt Gina. 'Je zei het daarnet zelf nog, met dat raampje. Dit huis moet toch afgebroken worden. Dan kunnen wij er net zo goed al mee beginnen. We breken gewoon die lift af!'

'Hoe wil je dat doen?' vraagt Margot verbaasd.

'Als we het touw doorsnijden, dondert de lift vanzelf naar beneden. Maar ik heb hier in de keuken geen bestek gevonden. Alleen wat oude schalen, borden en pannen.'

'Ik heb ook geen mes bij me. En ik durf er thuis geen te gaan halen', zucht Margot. 'Kun jij er een wegpakken uit de keuken van het restaurant?'

'Oef, nee', schudt Gina haar hoofd. 'Voor papa en Paolo zijn hun koksmessen heilig. Maar we kunnen het aan Izmet vragen. Die heeft zo'n padvinderszakmes.'

'Nu?'

'Beter morgen. Jordy logeert bij Izmet, en hij gaat geloof ik morgen weer naar huis.'

'Morgen moet ik op Wessel passen. En 's middags ga ik met mama naar Duinvoorde.'

'En overmorgen ga ik met papa *nonno* en *nonna* naar de luchthaven brengen. Zaterdag dan.'

'Maar mijn portemonnee …'

'Knappe dief die hem vindt', grinnikt Gina. 'Ik denk dat jouw tien euro hier veiliger ligt dan waar ook!'

Een beetje gerustgesteld loopt Margot met Gina terug naar het kelderraampje. Ze klauteren naar buiten en knipperen met hun ogen tegen het felle licht.

Als ze over het duinpad teruglopen naar het dorp, kijkt

Margot nog een keer om naar de vervallen Villa Amandine. Ze zucht. Ze hoopt maar dat het zal het lukken om haar tien euro terug te krijgen.

8

De volgende dag valt de dooi in. Smeltende sneeuw en ijspegels druppelen onafgebroken van boomtakken, dakgoten en vensterbanken. De sneeuw in de straten verandert in een papperige, bruine smurrie en de rioolputjes lopen bijna over door het wegstromende smeltwater.

De sneeuwman van Wessel en Jelle op de dijk wordt dunner en zijn walnootogen vallen uit zijn hoofd. Maar dat kan de jongetjes niet schelen. Ze vinden het prachtig om in de sneeuwpap rond te banjeren. Op vrijdag zijn ze zelfs zo nat, dat Margot Wessels kleren uittrekt en hem een broek en trui van Jelle aandoet. Meneer Nieuwdorp is blij dat ze zo goed voor Wessel heeft gezorgd en geeft haar vijf euro extra. Hij belooft Jelles kleren terug te brengen voor hij uit Zandplaat vertrekt.

's Avonds kijkt Margot tevreden naar haar vijfentwintig euro, die ze in de la van haar nachtkastje heeft gelegd. Nu nog die tien uit de etenslift terug zien te krijgen, en dan kan het geld op haar spaarrekening.

Op zaterdagmiddag is de sneeuw vrijwel verdwenen. Het is een graad of vijf. Een heel verschil met drie dagen geleden. Toch is Margot blij dat ze in Duinvoorde in de uitverkoop een nieuwe winterjas heeft gevonden. Trots showt ze hem, als Gina haar komt ophalen om naar Villa Amandine te gaan.

'Waw!' roept Gina, als ze de nepbontrand aan de capuchon en de vele gespen en zakken ziet. 'Vette jas, joh!'

Ze hebben met Izmet afgesproken aan het begin van het duinpad naar de villa. Lars, intussen terug van zijn wintersportvakantie, is er ook bij.

Bij Villa Amandine bekijkt Izmet het gebroken kelderraampje. De sneeuw die ervoor lag, is gesmolten en door de opening de kelder in gedruppeld. Het is een modderige bedoening.

'Zijn jullie hierdoorheen gekropen?' vraagt Izmet verbaasd. 'Zo'n klein raampje?'

Margot knikt. 'We kwamen uit in de keuken.'

'Ik weet niet of ik erdoor pas', twijfelt Izmet.

'Ik wel', grijnst Lars.

'Ja, jij wel, garnaal', lacht Margot.

Lars steekt zijn tong uit. Hij is de kleinste van hen allemaal en dat vindt hij helemaal niet leuk. Margot denkt dat hij daarom soms zo fel is.

'In ons hotel in Zwitserland was er ook een etenslift', ratelt Lars. 'Een heel moderne. Met lampjes, zodat je kon zien op welke verdieping hij was. Dat was nodig, want er waren wel drie eetzalen. Allemaal op een verschillende verdieping. Het was een heel groot hotel. De kok was superaardig. Ik mocht in de keuken gaan kijken en borden in de lift zetten en ...'

'Lars, kun je één minuut zwijgen over Zwitserland?' snoert Izmet hem ongeduldig de mond.

'Nou zeg …' sputtert Lars. 'Jij kunt anders ook niet ophouden over je flyboard, hoor.'

'Gaan we nog naar binnen of hoe zit dat?' vraagt Margot zakelijk. 'Ik wil graag mijn tien euro terug.'

'Krijgen wij er iets van, als het lukt?' vraagt Lars slim.

'Ten eerste is het mijn mes, en ten tweede hoef je helemaal niet mee naar binnen', zegt Izmet. 'We kunnen dat klusje ook zonder jou opknappen.'

Lars houdt snel zijn mond.

'Eén-nul', lacht Gina. Dan laat ze het rugzakje dat ze heeft meegenomen van haar schouders glijden. Ze haalt er een opgevouwen stuk plastic uit, vouwt het open en legt het voor het keldervenstertje op de grond.

'Anders worden onze kleren vies en nat', verklaart ze. 'Dat hebben wij woensdag wel gemerkt, hè, Margot?'

Margot knikt. Mama was behoorlijk boos toen Margot thuiskwam met een spijkerbroek met doorweekte knieën en een jas met vuile mouwen. Ze vraagt zich af of oom Massimo ook zo gemopperd heeft tegen Gina. Vast niet. Dat is echt iets voor moeders.

Margot voelt een steekje medelijden met Gina. Ze kijkt onderzoekend naar haar nichtje. Maar Gina hangt al half door het raampje. 'Kom je nog, Margot?' roept ze uitgelaten.

Margot volgt haar haastig. Als ze binnen zijn, steekt Izmet zijn hoofd door het raampje.

'Hiernaast is een trapje naar beneden met een deur', zegt

hij, met zijn hoofd gebarend naar rechts. 'Volgens mij komt die deur uit in de kelder. Kunnen jullie niet proberen hem open te krijgen? Misschien zit er aan de binnenkant een sleutel op of zo. Dan hoef ik me niet door dat kleine raampje te wurmen.'

Margot en Gina knikken. Ze hebben deze keer allemaal een zaklamp meegebracht, hoewel het nu in de kelder minder donker is. Behalve het kapotte raam zijn er nog een paar raampjes, en daar ligt nu geen pak sneeuw meer voor.

Margot loopt naar de deur. Hij is op slot. Aan een haakje aan de deurstijl hangt inderdaad een sleutel. Was die er woensdag ook al? Margot weet het niet meer.

Ze pakt de sleutel van het haakje. Tot haar verbazing ziet hij er helemaal niet oud en verroest uit. Integendeel. En de deur gaat in één keer open, alsof hij iedere dag gebruikt wordt.

Margot krijgt geen tijd om zich erover te verbazen. Izmet en Lars stappen grijnzend naar binnen. 'Zo, dat is lekker makkelijk', zegt Izmet. 'Waar zit je geld nou, Margot?'

9

Margot en Gina gaan de jongens voor naar de etenslift. Ze schijnen met hun zaklampen in de schacht. Halverwege tussen de begane grond en de kelderverdieping zien ze de onderkant van de lift. Izmet geeft een paar rukjes aan het touw. De lift beweegt niet.

'Ik loop wel met je mee naar boven', zegt Margot. 'Dan laat ik je zien waar de lift uitkomt.'

Samen met Izmet gaat ze de trap op. Gina en Lars blijven in de kelder om de lift op te vangen.

Als ze in de hal komen, blijft Margot verbaasd staan. 'Hoe kan dat nou?' mompelt ze. Ze schijnt met haar lamp over de vloer.

'Wat?' vraagt Izmet ongeduldig. 'Loop nou door, ik krijg het koud.'

'Voetstappen', stamelt Margot.

Izmet richt zijn lamp op de vloer. 'Ja, wat is daarmee?'

'Die waren er de vorige keer nog niet!' Margots stem klinkt ineens schril.

'Lijkt me logisch', schokschoudert Izmet. 'Jij bent hier woensdag toch geweest.'

'Deze zijn niet allemaal van mij, dat weet ik zeker. En kijk, volgens mij heeft iemand geprobeerd die kroonluchter te verslepen.'

Tussen de voetstappen zijn in het stof op de vloer ook een paar korte, donkere sleepsporen te zien. Het lijkt inderdaad of de kroonluchter een paar centimeter is opgeschoven.

Margot doet haar best om haar angst te verbergen. Ze moet niet flauw doen. Zeker niet met Izmet erbij, die nooit ergens bang voor is.

Izmet begint te grinniken. 'Ach, joh, de villa wordt toch afgebroken? Er zijn vast al mensen van het slopersbedrijf geweest of zo. Die komen van tevoren altijd kijken naar een klus. Dat is heel normaal.'

'O ja', haalt Margot opgelucht adem. 'Dat zal het zijn.'

'Komt er nog wat van?' brult Lars vanuit de kelder.

'Kijk jij maar uit dat je die lift zo meteen niet op je kop krijgt!' roept Izmet terug.

Ze lopen de eetkamer binnen. Izmet haalt zijn zakmes uit zijn broekzak en grijpt een van de touwen van de lift vast. Margot licht hem bij met haar eigen zaklamp en die van Izmet.

'Pas op!' roept Izmet naar beneden.

Hij snijdt het touw door en laat het los. Maar er gebeurt niets.

'Wacht, verkeerde touw!' waarschuwt hij Lars en Gina. 'Ik snij nu het volgende door, dus dan moet de lift naar beneden vallen!'

'Kom maar op!' roept Gina.

Margot kijkt vol spanning toe hoe Izmet het tweede touw

doorsnijdt. Als er nog maar enkele vezeltjes vastzitten, hoort ze het met een droog geluidje knappen.

De lift raast met veel lawaai naar beneden. Op de bodem van de schacht komt hij met een luide klap en in een grote stofwolk tot stilstand.

'Nou zeg!' roept Gina kuchend naar boven. 'Die konden we echt niet opvangen, hoor! Hij ging veel te snel!'

Omdat de lift nu op de grond ligt, kunnen Margot en Izmet Gina's hoofd zien, dat ze door de opening in de schacht gestoken heeft.

Margot en Izmet haasten zich naar de kelder. Even later hangt Margot over de rand van de opening in de liftschacht. 'We moeten die lift eruit zien te krijgen', zegt ze.

'Hoe?' aarzelt Gina. 'Er zitten geen handvatten aan.'

Maar Izmet begint te grijnzen en ritst zijn jas open. Uit zijn binnenzak haalt hij een hamer en een beitel.

'Toch handig hoor, als je vader een werkplaats heeft', lacht hij.

'Wat moet een fietsenmaker nou met een beitel', mompelt Lars.

Izmet doet net of hij het niet gehoord heeft. Hij buigt voorover, zet de beitel tegen de bovenkant van de lift en slaat er met de hamer op. Even later klinkt het geluid van versplinterend hout. Een paar minuten daarna komt Izmet weer overeind. Hij legt de hamer en de beitel op de grond.

'En?' vraagt Margot gespannen.

'Kijk maar', wijst Izmet.

Margot duikt in de liftschacht. 'Yes!' jubelt ze en ze vist haar portemonnee en Seppes zaklamp van de grond. 'Bedankt, Izmet!'

'Ja, superbedankt', valt Gina haar bij, terwijl ze de zaklamp van haar broer inspecteert. Gelukkig is hij niet kapot.

'Zeg, nu we hier toch zijn', stelt Lars voor. 'Zullen we een rondje door het huis lopen? Gewoon, zomaar? Het is misschien de laatste keer dat het kan.'

'Er is niet veel te zien, volgens mij', vindt Izmet. 'Een oud, kapot zootje, dat is het.'

'Ik wil wel', knikt Margot. Als Gina ook instemt, geeft Izmet ten slotte toe.

Ze gaan de trap op naar de begane grond en vandaar verder naar boven, naar de slaapkamers. In een van de kamers staat een roestig metalen bed. Tussen de sierlijke krullen van het hoge hoofdeinde hangen spinnenwebben. Het bed is zo te zien ooit wit geweest, maar de verf is voor het grootste deel afgebladderd. In de matras zit een lange scheur.

'Joepie!' juicht Lars. Hij neemt een aanloop en springt boven op het bed. De antieke veren knarsen en piepen, terwijl Lars het bed gebruikt als trampoline.

'Gaaf!' roept hij. Hij let totaal niet op de enorme hoeveelheden stof die uit de matras wolken.

'Getver', griezelt Gina. 'Wie weet wat er allemaal in die matras zit. Muizen, kakkerlakken, spinnen, vieze bacteriën.'

'Kan me niet schelen', roept Lars tussen twee sprongen door. 'Dit is vet! Izmet, kom je ook?'

'Mooi niet', schudt Izmet zijn hoofd. En dat is maar goed ook, want op hetzelfde moment zakt het oude bed door zijn poten. De bodem en de matras ploffen op de grond, met Lars erbovenop. Hij kijkt beteuterd rond en veegt het stof van zijn gezicht.

Margot, Gina en Izmet komen niet meer bij van het lachen. Gina trekt snel haar mobieltje uit haar jaszak en maakt een foto van Lars op het ingezakte bed.

'Hebbes!' schatert ze. 'Die is voor Amber en Daan, als ze terug zijn. Kunnen ze meegenieten!'

Lars klautert met een verongelijkt gezicht van het bed. 'Vragen jullie niet of ik me pijn gedaan heb?'

'Dat heb je niet, anders had je wel harder geschreeuwd', zegt Izmet. 'Kom, ik heb het hier gezien.'

Hij wil de kamer uit lopen, maar Gina heeft een grote antieke kast opengetrokken en slaakt een gilletje.

'Kleren! Waw, Margot, zie je dat?'

Ze pakt een kleerhanger uit de kast. Er hangt een jurk aan, verscholen onder een plastic hoes. Gina trekt de hoes eraf. De geel-wit geruite stof van de jurk is dun en broos. Hier en daar zitten schimmelplekken en motgaatjes. Toch kun je zien dat het ooit een mooi zomerjurkje geweest is, met korte mouwtjes en een wijde rok.

Gina houdt de jurk voor zich en draait een paar rondjes.

'Het is nog ongeveer mijn maat ook!' jubelt ze.

Margot wordt aangestoken door haar enthousiasme en trekt ook een jurk uit de kast. Het is een wit strokenjurkje met kleine roze bloemetjes en pofmouwtjes. 'Wat een grappige, ouderwetse jurken!' roept ze, terwijl ze het jurkje onder haar kin klemt. 'Is hier een spiegel?'

'Ik word niet goed', zucht Izmet. 'Nu ben ik echt weg. Ga je mee, Lars?'

De jongens verlaten de kamer. Gina en Margot kijken elkaar aan. Dan halen ze hun schouders op. 'We komen nog wel eens terug', fluistert Gina met glimmende ogen. 'Zonder hen. En dan nemen we Amber ook mee.'

Ze hangt het geruite jurkje terug in de kast en loopt de kamer uit.

Margot aarzelt. Ze kijkt naar het strokenjurkje. Het is leuk. Niet dat ze het zou aantrekken om naar school te gaan, maar toch. Het ziet er nog goed uit. Het jurkje dat Gina vasthad, was er veel erger aan toe. Wie weet is het ding geld waard. Omdat het antiek is. En straks is de villa weg, en deze klerenkast ook. Dat zou zonde zijn. En dat jurkje is toch van niemand meer.

Zonder verder na te denken propt Margot het jurkje onder haar jas en ze haast zich achter de anderen aan.

10

De jongens en Gina zijn al in de keuken als Margot beneden komt. 'Waar bleef je?' vraagt Gina.

'O, gewoon', zegt Margot snel. 'Ik kreeg die kast niet goed dicht.'

'Wat maakt dat nou uit', snuift Lars. 'Daar ligt echt niemand wakker van.'

Hij is een beetje chagrijnig omdat Gina een foto van hem gemaakt heeft op het ingezakte bed. Op het moment dat Gina zich bukt om de deur van de roestige oven open te doen en er met haar zaklamp in te schijnen, ziet hij zijn kans schoon. Vliegensvlug steekt hij zijn hand in haar jaszak en grist hij het mobieltje eruit.

'Hé!' protesteert Gina, maar Lars glipt de keuken uit en de gang in. Zijn vingers gaan razendsnel over de toetsen in een poging de foto te wissen.

'Geef terug!' roept Gina. Ze rent achter Lars aan. Margot volgt haar. Ze is allang blij dat Gina niet verder vraagt naar haar getreuzel.

'Lars, doe niet zo flauw.' Gina grijpt Lars' arm. Lars steekt het mobieltje in de lucht, maar omdat hij kleiner is dan Gina en Margot, kunnen ze er makkelijk bij. Maar Lars klemt het telefoontje zo vast in zijn hand, dat het niet meevalt om het eruit te trekken.

Margot probeert met beide handen Lars' vingers van het telefoontje te pellen.

Ineens schiet het mobieltje uit Lars' hand. Margot struikelt achterover. Haar linkerarm botst tegen de muur en glijdt door de schok een eindje naar beneden. Tegelijk hoort ze een onheilspellend, scheurend geluid.

'Mijn jas!' gilt ze. 'Mijn nieuwe jas!'

In twee tellen staat Gina bij haar.

In de mouw van Margots jas zit een scheur van minstens tien centimeter. Aan een kromme spijker in de muur hangt een plukje wattenvulling.

'O nee', jammert Margot. Ze staart ontzet naar de scheur. 'Mama begaat een ongeluk als ze dat ziet. Ik kan zo echt niet naar huis!'

'Had je maar niet …' begint Lars, maar Gina kijkt hem woest aan.

'Moet jij nodig zeggen', snikt Margot. 'Jij bent begonnen.'

'Nietes', roept Lars. 'Gina is begonnen!'

'Ik ga naar huis, hè!' roept Izmet vanuit de keuken. Het is duidelijk dat hij met de hele ruzie niks te maken wil hebben. Even later klinkt het geluid van de open- en dichtgaande kelderdeur.

Gina en Lars zwijgen abrupt. Margot snikt zachtjes. Die jas was dan wel in de uitverkoop, maar hij kostte toch nog veertig euro. Margot ziet in gedachten het bedrag dat ze met oppassen verdiend heeft in de portemonnee van haar moeder verdwijnen. Want ze twijfelt er niet aan dat ze dit zelf moet betalen.

Gina slaat haar arm om Margot heen. 'Kom', zegt ze zachtjes. 'We gaan.'

Met Lars een beetje bedremmeld in hun kielzog lopen ze naar buiten. Margot pakt met trillende vingers de sleutel van de kelderdeur uit haar jaszak en sluit de deur af.

'Neem hem maar mee', zegt Gina. 'Dan hoeven we de volgende keer niet door het raampje.'

'Ik weet niet of ik nog terug wil', zucht Margot.

Zwijgend lopen ze over het pad terug naar de weg. Lars slaat rechtsaf, naar huis.

'Het was een ongelukje', troost Gina. 'Dat zal tante Renate toch wel begrijpen? Zal ik meegaan om het uit te leggen?'

Margot schudt het hoofd. 'Dan willen ze thuis ook weten waar het gebeurd is. En ik heb niet verteld dat we naar Villa Amandine gingen.'

'Nee, ik ook niet', zegt Gina. 'Ik had nooit gemogen van papa.'

Dan klaart haar gezicht op. 'Waarom ga je niet naar oma? Die naait die scheur zo weer dicht.'

Margot veegt de tranen van haar wangen. 'Oma?'

'Ja, suffie, je weet wel, de moeder van jouw en mijn moeder!'

Ondanks haar ellende glimlacht Margot. Oma. Dat is misschien de oplossing. Oma kan ongelooflijk goed naaien. En

oma is ontzettend lief. Die zal vast niet boos worden. Hoogstens een keer haar hoofd schudden.

'Oké', knikt Margot. 'Ga je mee?'

Gina schudt haar hoofd. 'Nee. Papa krijgt vanavond een
groep van veertig man in het restaurant, en ik heb beloofd
een beetje te helpen. Doe je oma de groeten?'

11

'Kindje toch, wat is er gebeurd?' roept oma geschrokken uit als ze de deur opendoet en Margots betraande gezicht ziet.

Margot barst opnieuw in snikken uit. Oma strekt haar armen uit. Margot stapt over de drempel en duwt haar gezicht tegen oma's borst. Oma streelt zachtjes haar haar.

'Stil maar', sust oma. 'Kom eerst eens binnen.'

Ze duwt Margot zachtjes voor zich uit, de woonkamer in. Het is er warm en gezellig. De kerstboom staat er nog, en de gekleurde lampjes verspreiden een zacht licht. Bij de grote luie stoel in de hoek is een leeslamp aan, want buiten begint het al te schemeren. Op de salontafel staan een kop thee en een koektrommel, met daarnaast een opengeslagen boek. Op de lage kast tegen de muur, bij de foto van tante Marianne, Gina's moeder, brandt een kaarsje.

'Waar is opa?' snikt Margot.

'Gaan kaarten', antwoordt oma. 'Maar wat is er met jou aan de hand?'

Margots lip begint weer te trillen, maar ze bijt er flink op om het huilen tegen te houden. Ze haalt diep adem. 'Ik heb een scheur in mijn nieuwe jas en ik durf niet naar huis', gooit ze er dan maar uit.

'Laat zien', zegt oma ferm. 'Zo erg kan het vast niet zijn. Doe je jas eens uit.'

Automatisch doet Margot wat oma vraagt. Ze beseft te laat dat het jurkje nog onder haar jas zit. Zodra ze hem openritst, valt het jurkje op de grond.

Margot krijgt een hoofd als een tomaat. Snel raapt ze het jurkje op.

'Wat is dat?' vraagt oma.

'Eh, niks', stottert Margot, maar als ze oma's frons ziet, besluit ze alles maar op te biechten. Ze kan niet riskeren dat oma haar niet wil helpen met de jas.

'Zozo', zegt oma bedachtzaam als Margot klaar is met haar verhaal.

Ze pakt het jurkje, strijkt het glad op tafel en houdt het dan met gestrekte armen voor zich uit.

'Dat jurkje is vast van Amandine geweest', mompelt ze.

'Dat zei ik toch', zucht Margot. 'Villa Amandine.'

'Ik bedoel niet de villa,' lacht oma, 'maar Amandine Coornhert. Het meisje naar wie de villa is genoemd.'

'O?' vraagt Margot, ineens nieuwsgierig. 'Wie was dat dan?'

Oma zakt peinzend op een stoel neer. 'De ouders van Amandine waren notaris en mevrouw Coornhert uit Utrecht. Zij brachten hun zomers graag aan de kust door. Zo graag dat ze, toen Amandine net geboren was, in Zandplaat een eigen zomervilla lieten bouwen. Ze noemden de villa naar hun dochtertje.'

'Kende jij die mensen?' vraagt Margot.

'Alleen mevrouw Coornhert', zegt oma. 'En haar personeel.

Toen ik werd geboren, waren notaris Coornhert en Amandine al dood.'

'Hoe kwam dat?'

Oma plukt een denkbeeldig pluisje van Amandines jurkje. 'De notaris heeft een hartaanval gekregen. En nog geen jaar later stierf Amandine aan leukemie. Tja, en daar zat mevrouw Coornhert dan. Een prachtig huis in Utrecht, een grote villa in Zandplaat, maar wel alleen.'

'Waarom heeft ze de villa niet verkocht?' vraagt Margot.

'Ze had hier zoveel mooie herinneringen aan haar man en haar dochter', gaat oma verder. 'Ze kwam hier elke zomer. Ik herinner me haar nog goed. Ik was een klein meisje, maar die vrouw met haar zwarte jurken en hoeden zal ik niet snel vergeten. Ze bracht haar eigen personeel mee. Een gezelschapsdame had ze. En na de oorlog een chauffeur. Mevrouw Coornhert had ook haar eigen cabine op het strand. Ze zat op een stoel uren naar de zee te kijken. En wij kregen van haar gezelschapsdame soms een paar centen om een ijsje te kopen. Mijn moeder zei dat mevrouw Coornhert Amandines kamer in de villa onveranderd had gelaten. Alsof Amandine nog leefde. Ook het bureau van haar man moest blijven zoals het was. Ik vond dat toen maar raar. Maar nu begrijp ik het wel.'

Oma's blik dwaalt naar de kast, naar de foto van tante Marianne.

Margot voelt zich ineens vreselijk schuldig over vanmiddag. De kamer waar ze geweest zijn, was natuurlijk Amandines kamer. Het was Amandines bed waarop Lars heeft staan springen. Het waren Amandines jurkjes die zij en Gina uit de kast getrokken hebben.

Met een dikke keel vraagt ze: 'Hoe oud was Amandine toen ze doodging?'

'Oei', zegt oma. Ze denkt even na. 'Ik denk een jaar of twaalf.'

Ik ben ook bijna twaalf, denkt Margot. Ze rilt. Ze kijkt naar het jurkje en voelt weer tranen opkomen. Had ze het maar niet meegenomen. Het is van Amandine. Het had in haar kamer moeten blijven.

Oma slaat met haar handen op haar dijen. Kordaat staat ze op. 'Genoeg over het verleden. Bel jij eerst maar naar huis en vraag of je hier mag blijven eten. Dan heb ik tijd genoeg om die scheur weg te werken. Er zitten zoveel gespjes en riempjes op je jas, dat ik er best ergens eentje kan weghalen en over de scheur naaien. Dan blijft dat lekker ons geheimpje.' Oma knipoogt en Margot schiet in de lach.

'Maar dan moet je me één ding beloven', voegt oma er ernstig aan toe. 'Je gaat niet meer de villa in. Veel te gevaarlijk. Die bouwval kan elk moment instorten.'

Margot buigt het hoofd en mompelt iets vaags. Ze moet nog minstens één keer naar de villa. Om het jurkje van Amandine terug te hangen.

Rond zeven uur loopt Margot met haar gerepareerde jas aan terug naar huis. Oma is een kei. Je ziet echt helemaal niks meer van de scheur. Margot heeft oma wel honderd keer bedankt.

Ze klemt Amandines jurkje in haar hand. Ze gaat het nu terughangen. Ze weet zeker dat ze niet rustig kan slapen als ze het jurkje mee naar huis neemt.

Het is donker, maar dat kan haar niet schelen. De zaklamp zit in haar jaszak en ze kent de weg nu een beetje in het huis. Bovendien heeft ze de sleutel van de kelderdeur, zodat ze niet door het raampje hoeft te kruipen.

In de duinen staan geen straatlantaarns en de maan zit verscholen achter de wolken. Het enige licht dat over het duinpad zwaait, is de lichtbundel van de vuurtoren. Niet van de oude, waar Amber en haar moeder wonen, want die werkt niet meer. Het is het licht van de nieuwe, computergestuurde vuurtoren een eindje verderop.

Toch is Margot blij dat ze een lamp bij zich heeft. Ze knipt hem aan en stapt voorzichtig over het modderige pad.

Als de villa groot en zwart voor haar opdoemt, blijft Margot staan. Helemaal bovenin, achter het ronde glas-in-loodraampje, brandt licht!

Ze fronst haar wenkbrauwen. Is er iemand in de villa? De mensen van het slopersbedrijf? Maar wat zouden die daar op een zaterdagavond om zeven uur komen doen?

Ze kijkt nog eens naar boven en twijfelt. Het lichtschijnsel is wel vaag. Misschien is het haar verbeelding. Of de weerkaatsing van het rondzwaaiende vuurtorenlicht.

Margot haalt haar schouders op en loopt door. Ze heeft het vast verkeerd gezien.

Bij de villa vist ze de sleutel uit haar zak en ze doet de kelderdeur open. Voorzichtig stapt ze naar binnen. Ze loopt de twee trappen op naar de eerste verdieping. Als ze het jurkje van Amandine terug in de klerenkast gehangen heeft, besluit ze toch op zolder te gaan kijken. Maar eerst gaat ze naar beneden, naar de keuken, om een van de zware gietijzeren pannen te pakken. Je weet maar nooit.

De zoldertrap komt uit op een overloop met twee deuren. Het is er net zo donker als in de rest van het huis. Maar onder de kier van een van de deuren door ziet Margot toch echt een streepje licht.

Ze klemt haar vingers stijf om de steel van de gietijzeren pan. Durft ze de deur open te doen? Amber of Izmet wel, dat weet Margot zeker. Maar is zij net zo dapper als haar vrienden?

Misschien zijn de junks teruggekomen, die vorig jaar in en om het huis bivakkeerden. Maar die deden niemand kwaad, die zorgden alleen voor een hoop rotzooi. En als het toch iemand van het slopersbedrijf is, dan zal die haar hoogstens wegsturen.

Zo praat Margot zichzelf moed in, terwijl ze voetje voor voetje naar de deur toe sluipt. Ze haalt diep adem, legt haar hand om de klink en duwt.

12

Het eerste wat Margot ziet als ze de kamer binnenkomt, is een wankel tafeltje met daarop een stuk of tien dikke, brandende kaarsen. Het tafeltje staat naast een oud bed, waarop een kussen en enkele dekens over elkaar heen liggen. Op het bed staat een weekendtas.

Pas als haar ogen gewend zijn aan de felle kaarsvlammetjes, ziet Margot in de donkerste hoek van de kamer iemand staan. Haar hart slaat een tel over. De figuur heeft een zware kandelaar vast en staat klaar om Margot de hersens in te slaan.

Margot schrikt zo erg, dat ze haar zaklamp laat vallen. Ze staat als aan de grond genageld en denkt er zelfs niet aan om de gietijzeren pan op te heffen.

Maar de figuur laat de kandelaar zakken en stapt in het licht van de kaarsen.

Margots mond zakt open. Ze ziet een oud vrouwtje, gehuld in een dikke winterjas en bontlaarzen. Haar handen zijn in zwarte, gebreide handschoenen zonder vingers gestoken. Om haar hals heeft ze een dikke sjaal gewikkeld. Haar gezicht zit vol rimpels en haar haar is wit als sneeuw, maar ze heeft felle ogen, die Margot onderzoekend aankijken.

'Wie ben jij?' vraagt het vrouwtje. Haar stem klinkt verrassend helder en vast.

'M... Margot Fisker', hakkelt Margot automatisch.

'Wat doe jij hier?'

'Ik … ik dacht dat ik licht zag branden en …' Margot komt niet uit haar woorden.

'Hoe kom je binnen?'

Margot steekt snel haar hand in haar jaszak en haalt de sleutel eruit. Het vrouwtje doet een paar passen naar voren en bekijkt het voorwerp in Margots hand.

'Aha. Jij hebt mijn sleutel gestolen', zegt ze.

Margot begrijpt er niets van. 'Ik heb niks gestolen', protesteert ze. 'Die sleutel hing gewoon aan de deurstijl.'

'En wie denk je dat hem daar gehangen heeft?' Het vrouwtje zet de kandelaar op het tafeltje naast het bed en rommelt in de weekendtas. Ze haalt er vijf lange kaarsen uit, die ze aansteekt met de vlam van een van de andere kaarsen. Daarna duwt ze ze in de kandelaar. Dankzij het extra licht kan Margot haar beter zien.

Het vrouwtje maakt geen aanstalten meer om Margot aan te vallen. Ze ziet er eigenlijk helemaal niet gevaarlijk uit. Daardoor wordt Margot iets rustiger.

'Woont u hier, mevrouw?' waagt ze het te vragen.

Het vrouwtje lacht wrang. 'Ik weet niet of ik jou kan vertrouwen', zegt ze.

'Natuurlijk wel!' roept Margot verontwaardigd.

'Zet je dan die pan even weg?' Het vrouwtje wijst op het zware ding in Margots hand.

'O ja, sorry', verontschuldigt Margot zich. Om te laten

zien dat ze het goed meent, zet ze de pan op de overloop neer.

Het vrouwtje houdt haar handen boven de kaarsen om ze te warmen. 'Ik woonde hier vroeger', vertelt ze. 'In de zomer.'

'Bent u misschien mevrouw Coornhert?' vraagt Margot voorzichtig.

Het vrouwtje kijkt haar verrast aan. 'Wat weet jij van mevrouw Coornhert?'

'Mijn oma heeft vandaag over haar verteld', zegt Margot. 'En over Amandine.'

Het vrouwtje zucht en gaat op het bed zitten. 'Nee', schudt ze droevig haar hoofd. 'Ik ben niet mevrouw Coornhert. Die is al bijna vijftig jaar dood. Maar ik werkte wel voor haar.'

'De gezelschapsdame', fluistert Margot. 'Van wie oma soms geld kreeg voor een ijsje.'

De felle ogen van het vrouwtje verzachten. 'Hoe heet jouw oma?'

'Met haar eigen naam? Euh … Muylman. En haar voornaam is Helena.'

Het vrouwtje glimlacht. 'Heleentje Muylman. Ja, die herinner ik me wel. Een lief meisje was dat. Altijd vrolijk en beleefd. En ze had van dat dunne, steile haar. Een beetje zoals jij, maar dan donker.'

Margot giechelt als het vrouwtje oma Heleentje noemt. 'Waarom bent u hier?' vraagt ze dan. 'Dit huis wordt binnenkort afgebroken. Er komt een groot appartementsgebouw voor in de plaats.'

'Precies', knikt het vrouwtje. 'En daarom ben ik hier. Het mag helemaal niet afgebroken worden. Want het is van mij.'

Margot valt van de ene verbazing in de andere. Wat zegt dat rare oude vrouwtje nu? Dat zij de eigenares is van Villa Amandine?

'Het is een lang verhaal', gaat het vrouwtje verder. 'Maar laat ik me eerst even voorstellen. Ik heet Doortje. Je mag me gewoon Doortje noemen, hoor. Ik ben niet zo mevrouwerig. Mevrouw, dat is voor mij nog altijd mevrouw Coornhert.'

Margot knikt. 'Oké, Doortje', lacht ze.

'Ik was vijftien toen ik in dienst kwam van mevrouw Coornhert', vertelt Doortje. 'Drie jaar na de dood van Amandine. Mevrouw Coornhert was eenzaam en ik deed haar, denk ik, aan haar dochtertje denken. Ik ben ook in 1920 geboren, hetzelfde jaar als Amandine.'

In gedachten maakt Margot snel een rekensommetje. Dan is Doortje nu achtentachtig!

'Mevrouw Coornhert had ook een zoon, maar die was al volwassen en keek nooit naar zijn moeder om. Ik hield mevrouw gezelschap en deed het huishouden. En elke zomer kwamen we naar Villa Amandine.'

Doortje plukt aan de halve vingers van haar gebreide handschoenen. 'In de oorlog zaten er Duitsers in de villa', vervolgt ze. 'Er werd flink schade aangericht. Mevrouw was vreselijk bang dat Amandines kamer vernield zou worden. Maar toen we na de oorlog terugkwamen, was die gelukkig nog bijna net zoals we hem vijf jaar daarvoor hadden achtergelaten. Ik was in de oorlog inmiddels getrouwd. Mijn man kwam ook in dienst van mevrouw. Als chauffeur. We kregen een zoon, die 's zomers mee mocht naar Villa Amandine. Mevrouw verwende hem alsof hij haar eigen kleinzoon was.'

Margot luistert geboeid. Ze heeft er nooit echt bij stilgestaan hoeveel verhalen er aan een oud huis als Villa Amandine vastzitten. Dat is meer iets voor Daan. Die is gek op jaartallen en geschiedenis. Maar hoe meer Doortje vertelt, hoe meer het huis voor Margot begint te leven.

'In 1960 werd mevrouw Coornhert erg ziek', zucht Doortje. 'En toen ze op sterven lag, stond haar zoon ineens weer voor de deur. Die kwam natuurlijk om zijn erfenis.' Haar stem klinkt bitter.

'Maar mevrouw Coornhert was hem te slim af geweest. Dat fluisterde ze tegen mij op haar sterfbed. Ze had haar testament veranderd, zei ze. Ze liet Villa Amandine na aan mij en mijn man. Omdat wij er altijd voor haar geweest waren. Het testament lag bij de notaris. Ze had een tweede kopie, zei ze erbij. Ze stond op het punt te zeggen waar die was, maar ze kon niet meer. Haar zoon kwam de kamer binnen en stuurde mij weg. Het enige wat mevrouw nog kon doen, was een sleuteltje in mijn handen duwen.'

Doortje haalt diep adem. 'Twee dagen nadat mevrouw gestorven was, brandde het notariskantoor tot de grond toe af. Ik kon niet meer bewijzen dat Villa Amandine van mij was. Ik dacht dat het sleuteltje moest passen op iets in het huis, maar ik mocht er niet meer in van de zoon. Ik ben het nog wel een paar keer gaan vragen. Maar mijn man zei dat we het toch niet konden winnen tegen zo'n rijke familie. Dus hebben we het er maar bij laten zitten.'

'En waarom ben je nu dan teruggekomen?' vraagt Margot.

'Dat komt door mijn kleinzoon. Hij werkt met kinderen die het thuis heel slecht hebben. Hij wil dolgraag een oud huis aan de kust opknappen om er een vakantiehuis voor zulke kinderen van te maken. Maar hij vindt geen enkel huis dat geschikt is en dat hij kan betalen. Dat heeft me aan het denken gezet. Ik heb verdikkie zo'n huis! Ik moet het alleen kunnen bewijzen.'

Doortje wikkelt de dikke sjaal van haar hals en maakt de bovenste knoop van haar jas los.

'Ik heb het sleuteltje altijd bewaard. Misschien past het op een kistje of zo hier in de villa. Als daar het testament in zit, is het project van mijn kleinzoon gered.' Ze grijpt onder haar kleren en laat Margot een klein, zilverkleurig sleuteltje zien, dat aan een kettinkje om haar hals hangt. 'Het maakt me boos dat de Coornherts zoveel geld willen verdienen aan iets dat niet van hen is.'

'Wat vindt je kleinzoon daarvan?' wil Margot weten. 'Kan hij je niet helpen? Of iemand anders van je familie?'

Doortje schudt haar hoofd. 'Mijn man, mijn zoon en mijn schoondochter zijn er niet meer. Mijn kleinzoon is de enige die ik nog heb. En hij weet van niets. Ik heb het hem niet verteld, omdat hij dan zo teleurgesteld zou zijn als het niet zou lukken. Ik wil hem verrassen.'

'Maar de villa staat op instorten!' roept Margot.

'Dat is wat de Coornherts rondbazuinen', snuift Doortje. 'Dit huis is oerdegelijk. Het is alleen ernstig verwaarloosd. Maar als iedereen denkt dat het een bouwval is, komen er geen protesten tegen afbraak.'

'Misschien heeft de zoon van mevrouw Coornhert het kistje al gevonden', twijfelt Margot nog.

'Dat kan', knikt Doortje. 'Maar dan heb ik het in ieder geval geprobeerd.' Ze steekt vastberaden haar kin naar voren.

Margots blik dwaalt door het armzalige kamertje. In een hoek lekt het dak. Doortje heeft een emmer onder het gat gezet om het water van de smeltende sneeuw op te vangen.

'Dit was vroeger mijn kamer', zegt Doortje zacht. 'Later, toen ik getrouwd was, kregen mijn man en ik een grotere kamer op de tweede verdieping.'

'Het is hier erg koud', rilt Margot.

'Ik heb nog enkele dekens gevonden in de kast', zegt Doortje. 'En de kaarsen geven ook wat warmte.'

'Hoe kom je aan eten?' Margot ziet nergens een bord of kopje staan.

'Ik heb iets meegebracht.' Doortje tovert een half witbrood, een stuk kaas en een thermoskan uit haar weekendtas tevoorschijn. 'Ik zie wel of het genoeg is. Ik blijf zolang ik kan. Ik ben gisteren gekomen. Toen de sneeuw bijna weg was. Ik had nog een sleutel van de dienstingang. Maar vanmiddag was die ineens weg. Iemand had mij opgesloten. Nu weet ik dat jij het was.'

Margot bloost. 'Ik niet alleen. Mijn vrienden waren er ook bij.'

'Dat heb ik gehoord, ja', grinnikt Doortje. 'Het leek bijna of ze al begonnen waren met afbreken.'

Een beetje schuldbewust denkt Margot weer aan het bed van Amandine. En ineens gaat haar een licht op.

'Heb jij geprobeerd de kroonluchter in de hal te verslepen?'

'Ja. Dat ding lag gruwelijk in de weg', zucht Doortje. 'Maar ik kreeg hem maar een paar centimeter van zijn plaats. Hij was te zwaar voor mij.'

Margot wil dolgraag iets voor Doortje doen. 'Mijn vrienden en ik kunnen je helpen', stelt ze daarom voor. 'We kunnen je eten brengen, en we kunnen helpen zoeken naar het kistje.'

'Niemand mag weten dat ik hier ben!' roept Doortje geschrokken. 'Weet je, ik ben weggegaan zonder iemand te vertellen waarheen. Ik wil niet dat de Coornherts er lucht van krijgen.'

'Je kunt ons vertrouwen', belooft Margot. Ze neemt zich voor de anderen op het hart te drukken dat ze niks mogen vertellen. Vooral Lars, want die kletst altijd zo graag.

Doortje aarzelt nog even, maar knikt dan. 'Goed', geeft ze toe. Ze glimlacht. 'Het valt niet mee om op mijn leeftijd een oud huis als dit overhoop te halen.'

'Ik moet nu weg', zegt Margot. 'Maar ik kom snel terug. Beloofd.'

'Je bent lief', zegt Doortje. In haar ogen glinstert iets.

13

Op zondag, de laatste dag van de kerstvakantie, staat om tien uur 's morgens ineens Amber voor Margots deur.

'Gelukkig Nieuwjaar!' roept ze uitgelaten. Ze schudt haar wilde bos rode krullen en kijkt Margot met stralende ogen aan. 'Ik heb jullie gemist, hoor!'

Margot trekt haar snel naar binnen. Even later ploffen ze boven op Margots bed neer.

'Hoe was het in München?' vraagt Margot.

'Pfff', zucht Amber. 'Kaal, wit, glas en staal.'

'Huh?'

Amber grinnikt. 'Het appartement van mijn vader ziet er hetzelfde uit als het museum waar hij werkt. Zoals ik al zei dus. Kaal, wit, glas en staal.' Ze laat zich achterovervallen op Margots bed. 'En dan die tentoonstellingen in dat museum. Niet te filmen. Proppen aluminiumfolie in een cirkel op de vloer. Een rode kubus met een wit balletje erin. Aan elkaar geknoopte ijzerdraadjes. Dat is dan kunst. Het ergste is dat hij zulke dingen thuis óók op de kast heeft staan. En hij heeft een nieuwe vriendin', ratelt ze er in één adem achteraan.

Margot popelt om Amber over Villa Amandine te vertellen, maar ze is ook reuzebenieuwd naar Ambers verhalen. Amber is heel anders dan zij. Ze komt uit de stad en woont pas een dik half jaar in Zandplaat. Bernadette Keizer, Ambers moeder, heeft met een erfenis de oude vuurtoren gekocht en ingericht als museum. In de vroegere radiokamer heeft ze een schildersatelier.

In het begin dat Amber en haar moeder in Zandplaat woonden, deden ze behoorlijk veel stof opwaaien. Nu zijn de mensen er een beetje aan gewend dat Bernadette in haar lange, wijde jurken op een knalroze omafiets door het dorp rijdt.

Ambers vader is na de scheiding directeur geworden van een groot museum voor moderne kunst in München. Margot voelt zich soms erg gewoontjes naast Amber met haar excentrieke ouders. Maar dat duurt nooit lang. Amber is een schat en neemt je zoals je bent. Ze zegt wat ze denkt en je kunt vreselijk met haar lachen.

'Je had dat mens moeten zien', kreunt Amber. 'Ik heb nog nooit zo'n aanstellerige tuthola gezien. Met haar lakschoentjes en glittertasjes.'

Margot schiet in de lach. 'Heel anders dan jouw moeder dus.'

'O ja, héél anders. Ze noemt mijn vader *Bärchen*. Dat is Duits voor beertje! Beertje! Om te gillen! En ze kijkt naar mij alsof ik een vies insect ben. Vooral als mijn limonadeglas een kring gemaakt heeft op de zwarte hoogglans keukentafel. Maar zeg eens, hoe is het hier?'

'Nou, je hebt heel wat gemist', begint Margot. Ze vertelt alles. Eerst over meneer Nieuwdorp en Wessel, dan over Villa Amandine en ten slotte over Doortje.

'Je bent de eerste die het weet', besluit ze. 'Ik heb Doortje gisteren pas ontmoet.'

'Waw', zucht Amber. Ze is er stil van, en dat gebeurt niet snel. 'Wat zielig. Zit dat mensje daar helemaal alleen? In de kou en in het donker?'

'Ze heeft kaarsen, dat is alles', knikt Margot. 'Daarom dacht ik dat wij haar misschien konden helpen.'

'Natuurlijk!' roept Amber. 'Ik vraag gewoon aan mama of ze bij ons mag logeren. Mama vindt zulke dingen net zo spannend als ik!'

'Nee', zegt Margot snel. 'Ze wil niet dat iemand anders weet dat ze hier is. Je mag het niet aan je moeder vertellen. Dat moet je me beloven!'

'Oké dan', geeft Amber toe. 'Maar wat wil je dan doen?'

Voor Margot antwoord kan geven, roept mama haar beneden aan de trap.

'Margot! Meneer Nieuwdorp en Wessel zijn hier! Ze brengen Jelles kleren terug. Kom je nog even hallo zeggen?'

'Ik kom eraan!' roept Margot. Ze kijkt vragend naar Amber. 'Blijf jij boven?'

'Ben je gek!' roept Amber. 'Ik wil jouw oppaskindje ook wel eens zien. Zeg …' Ze trekt haar voorhoofd in een frons. 'Ik bedenk net iets …'

'Wat dan?' vraagt Margot.

'Die meneer Nieuwdorp is toch advocaat, hè?'

'Ja, hoezo?'

'Nou, misschien kan hij iets doen.'

'Wat bedoel je?'

Amber pakt Margots arm. 'Voor Doortje. Als we hem nou eens vroegen …'

'Nee', onderbreekt Margot haar. 'Ik zei toch dat …'

'We hoeven geen namen te noemen. We vragen gewoon hoe het zit met testamenten en zo. Of ze nog geldig zijn na vijftig jaar. En wat je moet doen als je ontdekt dat er zo'n testament bestaat. Zoiets. Je hoeft het toch helemaal niet over Doortje te hebben.'

Margot denkt even na. 'Misschien heb je gelijk', zegt ze dan. 'We kunnen het proberen.'

Ze gaan naar beneden. Wessel heeft een tekening gemaakt voor Margot, die hij haar trots overhandigt. Mama heeft koffie gezet en meneer Nieuwdorp probeert een gesprek aan te knopen met Margots vader. Maar die zegt niet veel terug. Margot vindt het sneu voor meneer Nieuwdorp. Hij blijft echter beleefd en vriendelijk en bedankt mama hartelijk voor de koffie, als hij ten slotte opstaat.

'Wessel, we moeten gaan', zegt hij. Maar dat is niet naar Wessels zin. Hij protesteert luidkeels als zijn vader hem zijn jasje aantrekt.

Amber fluistert snel iets in Margots oor en geeft haar een duwtje.

'Eh … we lopen wel even mee naar de auto', zegt Margot snel. 'We zullen naar je zwaaien. Is dat goed?'

Wessel knikt mokkend. Margot pakt zijn handje en neemt hem mee naar de Alfa Romeo van zijn vader, waar ze hem vastzet in zijn stoeltje.

Als meneer Nieuwdorp in zijn auto wil stappen, treuzelt ze. 'Meneer Nieuwdorp', begint ze, met een snelle blik op Amber.

'Zeg maar Evert, hoor', lacht meneer Nieuwdorp.

'Goed, eh … Evert', gaat Margot onwennig verder. 'Wij wilden iets vragen. Omdat u … eh … jij advocaat bent, weet je misschien iets over testamenten, en …'

'Nou, dat is meer iets voor notarissen', onderbreekt Evert haar. 'Maar wat wil je weten?'

'Stel nou dat iemand zegt dat je iets van hem erft, ook al ben je geen familie. En die iemand heeft een testament gemaakt waarin dat staat. Dan erf je toch gewoon, hè?'

'Ja, natuurlijk', knikt Evert.

'Ook als dat testament bijvoorbeeld al vijftig jaar oud is?'

'Wat bedoel je?' Evert legt verwonderd zijn onderarmen op het dak van zijn auto.

'Stel … het is niet echt hoor, maar stél … dat het testament kwijt is. En het duikt weer op na vijftig jaar. Is dat huis … eh … die erfenis … dan nog voor jou?'

Evert kijkt Margot onderzoekend aan. 'Waarom wil je dat weten?'

Margot wordt rood. 'Gewoon. Iets voor school', zegt ze ongemakkelijk.

'Dat zijn behoorlijk ingewikkelde zaken voor kinderen van jullie leeftijd', lacht Evert. 'En dat krijgen jullie op school?'

Margot en Amber knikken allebei zo overtuigend mogelijk.

'Ik kan er zo een-twee-drie geen antwoord op geven', zegt Evert ten slotte. 'Er spelen een aantal dingen mee. Ik zal het opzoeken. Wanneer wil je het hebben?'

'Eh ... liefst deze week nog, als het kan. Alsjeblieft?' probeert Margot.

'Papa!' brult Wessel in de auto. 'Ik wil eruit!'

Evert opent gehaast het portier van zijn auto. 'Ik doe mijn best', belooft hij. 'Ik laat je zo snel mogelijk iets weten.'

'Bedankt!' roept Margot opgelucht.

Ze zwaaien de wegrijdende auto na. 'Iets voor school', giechelt Amber. 'Hoe verzin je het. We hebben net twee weken kerstvakantie gehad.'

'Wist jij soms iets beters?' stuift Margot op.

'Nee', geeft Amber grif toe. 'Maar gelukkig trapte hij erin.'

's Avonds ligt Margot met een boek op de bank, als haar ouders naar het nieuws op de televisie kijken. Aan het eind van het programma volgt een politiebericht. Margot kijkt er met een half oog naar. Maar ineens is haar aandacht getrokken. Op het scherm verschijnt een foto van ... Doortje!

Met trillende handen legt Margot haar boek neer. Het politiebericht laat niets aan duidelijkheid te wensen over.

Doortje wordt officieel vermist.

14

De volgende dag begint de school weer. Amber komt Margot ophalen en samen fietsen ze ernaartoe. Op het schoolplein komt Gina naar hen toe lopen.

'Hoi Amber! Gelukkig Nieuwjaar! Hoe was het in Duitsland?' roept ze van ver.

'Kaal, wit, glas en staal', grinnikt Amber. 'Ik leg het nog wel uit', belooft ze, als ze Gina's verbaasde gezicht ziet. 'Luister eerst maar naar Margot.'

'Hoe is het met je jas?' vraagt Gina.

'Oma heeft hem fantastisch gemaakt', straalt Margot. 'Ik was zo blij! Mama heeft er niks van gemerkt. Maar er is iets anders.'

'Wacht even', zegt Amber. 'Ik haal de jongens erbij.'

Zo snel ze kan voor de bel gaat, doet Margot nogmaals haar verhaal.

'Ik heb dat vrouwtje ook gezien! Gisteren, op het nieuws!' roept Daan, die alles voor de eerste keer hoort. Hij wist natuurlijk al wel dat Villa Amandine in 1920 gebouwd was. Dat soort dingen weet Daan altijd. Hij wist zelfs dat er in de oorlog Duitsers in gezeten hebben.

'We moeten Doortje helpen', zegt Gina.

'Dat vind ik ook', knikt Margot. 'Daarom vertel ik het jullie. Maar verder mag niemand er iets van weten.'

'Wij hebben in de bakkerij elke dag wel broodjes over', zegt Daan. 'Papa merkt het vast niet als ik er daar een paar van meeneem.'

'Bij ons in het restaurant is ook genoeg te halen', grijnst Gina. 'Geen probleem.'

'Mijn moeder heeft ergens nog zo'n ouderwetse olielamp staan', peinst Amber. 'Met een flesje olie erbij. Dat geeft misschien meer licht dan alleen kaarsen.'

'En bij ons in de garage staat een minikachel', roept Lars. 'Zo'n campingding.'

'Daar heb je gas voor nodig', weet Izmet.

'Gasflessen genoeg', pocht Lars. 'We verkopen ze in onze campingwinkel.'

'Hoe krijg je zo'n kachel in Villa Amandine?' vraagt Margot bezorgd. 'Die is toch veel te zwaar?'

'Het is een minikachel, zei ik toch', zegt Lars ongeduldig.

'Ik heb een karretje voor aan mijn fiets', roept Izmet. 'Daar vervoer ik mijn flyboardspullen in. Maar die kachel past er ook wel in, denk ik.'

Dan snerpt de bel over het schoolplein. In tegenstelling tot de klas zit meester Verburg blijkbaar vol energie. Na een opgewekt 'gelukkig Nieuwjaar allemaal en dat jullie maar hard mogen werken in het laatste halfjaar van jullie basisschooltijd' begint hij onmiddellijk met de rekenles.

Na school gaan ze eerst het karretje van Izmet halen. Zijn

moeder is niet thuis, zijn vader is in de werkplaats en zijn twee zussen kan het niet schelen waar hij met zijn karretje naartoe gaat, dus dat komt goed uit.

Daarna fietsen Lars en Izmet naar het huis van Lars om de kachel en een gasfles te halen. Daan gaat thuis om broodjes, en Gina en Margot gaan kijken wat ze in de keuken van restaurant Paganini kunnen bemachtigen. Ze spreken af om bij de vuurtoren bij elkaar te komen, zodra ze de spullen hebben.

Een halfuurtje later zitten Daan, Gina, Margot en Amber in de keuken van het vuurtorenwachtershuis op Lars en Izmet te wachten. Ambers moeder schenkt nauwelijks aandacht aan hen. Ze heeft het druk met een opdracht die over een paar dagen klaar moet zijn. Na een snel 'hallo en gelukkig Nieuwjaar allemaal' verdwijnt ze met een kop koffie weer in haar atelier.

'Waar blijven ze nou', moppert Margot. Ze kijkt ongeduldig uit het raam. 'Het is al kwart over vier. Ik moet om halfzes thuis zijn. En straks is het donker op het duinpad.'

'Dan steken we de olielamp aan', grijnst Amber. 'Maak je niet druk, ze komen heus wel.'

Tien minuten later stappen Lars en Izmet vrolijk van hun fiets. In het karretje dat achter Izmets fiets hangt, ligt onder een blauw plastic zeil een grote, onregelmatige bult.

'Heb je de kachel?' vraagt Margot. Ze trekt een stukje van het zeil los.

'Ja', knikt Izmet. 'We konden hem zo uit de garage halen.'

'Zag je dat gezicht!' giert Lars.

'Van wie?' wil Amber weten.

'We hebben een nieuwe winkelhulp', vertelt Lars. 'Die is niet zo slim. Hij mag alleen rekken vullen en vegen en sjouwen en zo. Het was niet druk in de winkel. Hij zat op zijn gemak de schappen met frisdrank aan te vullen. Dus ik loop naar hem toe en ik zeg dat ik gezien heb dat er een gasfles over datum is.'

'Kan een gasfles over datum zijn?' vraagt Daan.

'Weet ik veel', roept Lars. 'Dat maakt ook niet uit. Ik zei dat mijn vader niet blij zou zijn als hij dat zou zien. Toen kreeg hij het op de zenuwen.'

'Waarom?' wil Amber weten.

'Omdat hij op zulke dingen moet letten', zegt Lars. 'Hij zei dat hij de fles zou weghalen als hij klaar was met de frisdrank. Toen heb ik aangeboden om dat voor hem te doen. En blij dat hij was!'

'Dat is zielig', vindt Gina.

'We hebben die fles zó naar buiten gerold', hikt Lars nog na.

Snel leggen ze de andere spullen in het karretje. Ze bedekken alles weer met het zeil en stappen op hun fiets. Op het duinpad blijft het karretje steken in de modder en moeten ze met z'n allen duwen om het vooruit te krijgen. Maar uiteindelijk komen ze veilig aan bij Villa Amandine.

'Ik weet niet wat ik moet zeggen', fluistert Doortje met tranen in haar ogen. Dankbaar kijkt ze de kring rond. Margot,

Amber, Gina, Daan, Izmet en Lars glunderen van oor tot oor. Izmet heeft de kachel aan de praat gekregen. Hij staat gezellig te snorren en het kleine zolderkamertje wordt al een beetje warmer. Doortje heeft haar sjaal afgedaan.

De olielamp brandt op de schouw. Op het tafeltje liggen drie croissants en een chocoladebroodje, en er staat een plastic voorraaddoos met geitenkaassalade, een van de specialiteiten van Gina's vader. Gina en Margot hebben ook nog twee flessen mineraalwater buitgemaakt.

'Er moet iets voor het raampje hangen', zegt Amber tegen Doortje. 'Iets donkers. Want van buitenaf zie je dat er licht brandt in de villa.'

'Ik zal de volgende keer een hamer en spijkers meebrengen', belooft Izmet. 'Dan timmer ik het raampje wel dicht. Beneden liggen genoeg losse planken.'

'Weet je dat je vermist wordt?' vraagt Margot. 'Je foto was op televisie.'

'Echt?' Doortje schrikt. 'Arme Sebastiaan', fluistert ze. 'Hij zal doodongerust zijn. Sebastiaan is mijn kleinzoon', verklaart ze. 'Ik had toch een briefje moeten achterlaten.'

'Wij kunnen hem misschien een boodschap doorgeven', stelt Gina voor. 'Zeggen dat je het goed maakt. Zonder te verklappen waar je bent.'

'Misschien', aarzelt Doortje. Ze veegt met een bevende hand over haar neus. 'Jullie zijn zo lief voor mij. En jullie kennen me niet eens.'

'Wij zouden het ook jammer vinden als Villa Amandine werd afgebroken', zegt Margot eenvoudig.

Daan kijkt nieuwsgierig om zich heen. 'Hoe ga je hier naar de wc?' vraagt hij.

'Daan!' roept Gina ontsteld. 'Zoiets vraag je niet!'

Doortje begint te lachen. 'Ik heb een emmer', zegt ze. 'En die gooi ik af en toe leeg in de duinen, als er niemand in de buurt is.'

'We moeten weer gaan', zegt Margot. 'Het is kwart over vijf, en ik moet om halfzes thuis zijn. Morgen kom ik weer kijken en woensdagmiddag gaan we samen zoeken naar het testament. Is dat goed?'

'Jullie zijn schatten', zucht Doortje nog eens. 'Ik heb al een paar kamers doorzocht, maar nog niets gevonden. Ach, ik hoop maar dat jullie hierdoor niet in de problemen komen.'

15

De volgende dag fietsen Margot en Izmet na school naar Villa Amandine. Izmet heeft gereedschap uit de werkplaats van zijn vader meegenomen. Hij gaat het raampje dichttimmeren, zoals hij beloofd heeft. Margot heeft thuis snel een paar appels en een mueslireep in haar zak gestoken, voor het geval Doortjes eten al op is.

Ze slaan het duinpad in. Izmet blijft verbaasd staan. Hij wijst naar de grond. 'Moet je zien', zegt hij. 'Dat is raar.'

Margot kijkt. Een klein stukje het pad op staan in de modder duidelijk diepe bandensporen. Niet van hun fietsen of van Izmets karretje. Ze zijn breder. En ze lijken vers.

'Autobanden', fronst Izmet. 'Het lijkt of een auto geprobeerd heeft het pad in te slaan, maar erachter gekomen is dat hij niet verder kon.'

'Wie rijdt er nou de duinen in met een auto', snuift Margot.

'Weet ik veel', haalt Izmet zijn schouders op. 'Het was vast iemand van het bungalowpark, die zich vergist heeft in de weg.'

Ze kijken rond, maar er is geen auto te bekennen.

Met hun fiets aan de hand stappen ze over de bandensporen. Bij de villa ziet Margot dat Doortje zelf al iets voor het zolderraampje gehangen heeft. Een oud gordijn of zo.

Even later staan ze in de kelder. Izmet begint planken te zoeken.

'Ik ga vast naar boven', zegt Margot. 'Ik zie je zo.'

'Hallo Doortje', roept ze halverwege de zoldertrap. 'Niet schrikken, ik ben het maar. Margot.'

Er komt geen reactie, maar dat vindt Margot niet gek. Doortje is al zo oud, misschien hoort ze het geroep niet eens.

Margot klopt op de deur van de zolderkamer en wacht even. Nog altijd geen reactie. Misschien slaapt Doortje.

Voorzichtig doet ze de deur open en kijkt om het hoekje. Het volgende moment slaakt ze een doordringende gil.

Doortje ligt voorover op de grond. Haar hoofd is opzij gedraaid en haar ogen zijn gesloten. In haar witte haar zit een akelige rode vlek. Bloed!

In twee tellen is Margot bij haar. 'Doortje!' snikt ze. 'Wat is er gebeurd?'

Ze schudt aan Doortjes schouder. Het oude vrouwtje beweegt niet.

Radeloos kijkt Margot om zich heen. Ze snuift. Wat is die vreemde brandlucht?

Dan ziet ze de olielamp. Hij brandt nog, maar hij staat niet meer op de schouw. Iemand heeft hem vlak onder het gordijn voor het raampje gezet. De onderkant van het gordijn is al aan het smeulen. Het ziet ernaar uit dat het ieder moment vlam kan vatten.

Margot springt overeind, trekt de olielamp weg en draait hem uit.

Izmet komt de kamer binnen stormen. 'Ik hoorde je gillen', hijgt hij. 'Wat is er?'

'Doortje', brengt Margot snikkend uit. Ze wijst naar het gewonde vrouwtje op de grond. 'En het gordijn stond bijna in brand!'

Izmet knielt bij Doortje. Heel voorzichtig raakt hij haar hoofd aan. Het bloed is nog nat.

Hij voelt in zijn zakken. 'Verdorie! Ik heb mijn mobieltje niet bij me', foetert hij. 'Jij?'

'Ik heb er geen, dat weet je toch!' schreeuwt Margot. 'Waarom heb je het nou niet bij je, stommerik! We moeten het ziekenhuis bellen!'

Margot weet dat ze Izmet niet zo moet uitschelden, maar

op dit moment haat ze het dat ze zelf geen mobieltje heeft. Dat ze niet heeft wat voor de anderen vanzelfsprekend is. Zo vanzelfsprekend dat ze er niet eens meer aan denken.

'Sorry', snikt ze. Ze trilt van top tot teen.

Gelukkig blijft Izmet rustig. 'Blijf jij bij haar, dan fiets ik naar de vuurtoren', beslist hij. 'Amber woont het dichtstbij. Daar kan ik het noodnummer bellen.'

Margot knikt en veegt haar tranen af. Terwijl Izmet met twee treden tegelijk de trappen af holt, gaat ze bij Doortje op de grond zitten.

Naast Doortjes hand ligt een donkerbruine knoop. Margot raapt hem op en kijkt ernaar. Is hij van Doortjes jas gevallen? Ze kan het niet zien omdat Doortje op haar buik ligt. Zonder er verder veel aandacht aan te schenken steekt ze de knoop in haar jaszak.

Ze durft bijna niet naar Doortjes wond te kijken. Het dunne haar plakt in rode klitten tegen Doortjes hoofd. Over haar haar loopt een dun straaltje bloed. Zelfs op de grond ligt een plasje. Margot vist een papieren zakdoekje uit haar jas en veegt voorzichtig Doortjes haar schoon. Moet ze de wond dichtdrukken? Ze duwt het papieren zakdoekje tegen Doortjes hoofd en kijkt weg. Ze wordt misselijk van al dat bloed. Algauw is het zakdoekje doorweekt. Margot begint weer te snikken.

Doortje mompelt iets. Margot brengt haar oor zo dicht mogelijk bij de mond van het vrouwtje.

'Wat zeg je, Doortje?' fluistert ze.

'Mmmbl', murmelt Doortje.

Margot streelt Doortjes voorhoofd. 'Izmet is gaan bellen', probeert ze haar te sussen. 'Er zal zo wel een ziekenwagen komen.'

Dan bedenkt ze dat de ziekenwagen natuurlijk ook niet door de modder op het duinpad heen komt, net als die andere auto.

Die andere auto! Margot beseft ineens wat dat kan betekenen.

Ongerust buigt ze weer voorover. 'Doortje', dringt ze aan. 'Doortje, is hier iemand geweest?'

'Duw', fluistert Doortje.

Margot ziet vlekken voor haar ogen. Ze haalt diep adem en blijft gespannen luisteren. Doortje zegt niets meer. Ze is weer bewusteloos.

Margot klappertandt van de spanning. Ze bijt op haar onderlip om het trillen te stoppen, maar het wil niet erg lukken.

Haar oog valt op het kettinkje om Doortjes hals. Het kettinkje met het sleuteltje. Straks gaat Doortje naar het ziekenhuis. Dan kan ze niet zoeken naar het testament. Dat moeten zij doen. Het is het enige wat ze voor Doortje kunnen doen.

Met bevende handen opent Margot het slotje. Ze trekt het kettinkje voorzichtig van Doortjes hals en laat het in haar jaszak glijden.

Dan hoort ze gestommel op de trap. Ze schiet overeind.

Even later staan Izmet en Amber in het kamertje. Ze worden op de voet gevolgd door Ambers moeder.

'De ziekenwagen komt eraan', hijgt Izmet. 'Hoe is het met haar?'

'Ze is bewusteloos', snikt Margot. Ze houdt haar hand, die rood is van het bloed op het papieren zakdoekje, een stukje van zich af. Alsof ze er bang voor is.

Amber slaakt een kreet van schrik als ze Doortje op de grond ziet liggen.

Ambers moeder heeft een eerstehulpkistje meegebracht. In een oogopslag ziet ze wat er aan de hand is en ze haalt er een rol verband uit.

'Ik snap hier helemaal niks van, maar dat komt later wel', zegt ze. 'Eerst dat mensje helpen.'

'Hoe heeft ze nou toch zó kunnen vallen', jammert Amber.

Margot haalt hortend adem en kijkt Amber en Izmet ernstig aan.

'Ze is niet gevallen', brengt ze uit. 'Ze is geduwd.'

16

De ambulance brengt Doortje met gillende sirenes naar het ziekenhuis in Duinvoorde.

Ambers moeder springt in haar auto en rijdt er met Amber, Margot en Izmet achteraan. Onderweg legt Margot haar uit wie Doortje is en waarom ze in Villa Amandine kampeerde.

'Ze was op televisie, mam', zegt Amber. 'Weet je wel, dat vrouwtje dat uit het bejaardenhuis verdwenen was.'

'Is zij dat?' roept Bernadette geschrokken uit. 'Dan moeten we de politie waarschuwen. Die kan haar familie inlichten dat ze terecht is.'

'Ze heeft alleen een kleinzoon', zegt Margot bedremmeld. 'Denk je dat het goed komt met haar?'

'Dat weet ik niet', antwoordt Bernadette. 'Ik begrijp echt niet waarom ze in haar dooie eentje in zo'n bouwval is gaan zitten. Hartstikke gevaarlijk. Ze had net zo goed van de trap kunnen vallen.'

'Ze is niet gevallen!' roept Margot nogmaals uit. 'Ze is geduwd!'

'Maar niemand wist dat ze daar zat', werpt Bernadette tegen. 'Ze is natuurlijk van slag door de klap. En oude mensen zitten er wel vaker naast. Het was ook niet slim van haar om die olielamp zo dicht bij het gordijn te zetten. Als jullie iets later waren geweest, had de hele boel in brand gestaan en was ze zeker dood geweest!'

Ze kijkt even opzij naar Amber. 'Die lamp kwam me trouwens wel bekend voor.'

Amber wordt rood. 'Nou ja, eh … wij hebben haar allerlei spullen gegeven, zodat ze eten, warmte en licht had.'

Bernadette schudt haar hoofd. 'Jullie bedoelden het natuurlijk goed. Maar denk eens na hoe gevaarlijk zo'n lamp is op een houten zolderkamer! En dan die gaskachel. Voor hetzelfde geld was er een gasexplosie geweest!'

Margot, Amber en Izmet buigen het hoofd. Bernadette heeft natuurlijk gelijk. Maar ze wilden zo graag helpen!

Bernadette draait de parkeerplaats van het ziekenhuis op. Bij de balie melden ze zich, waarna ze gaan zitten in de grote wachtruimte in de hal. Daar belt Ambers moeder de politie, en daarna de ouders van Margot en Izmet, om te zeggen dat Margot en Izmet bij Amber blijven eten.

'Anders worden ze maar ongerust', vindt ze. 'En we vertellen het hele verhaal vanavond wel, als we jullie thuisbrengen.'

'Mijn fiets staat nog bij de villa', zegt Margot kleintjes. Ze vraagt zich af hoe haar ouders zullen reageren. Vast niet zo tof als Bernadette. Die is wel boos over de olielamp en zo, maar verder is ze vol begrip. Amber had gelijk toen ze zei dat haar moeder zulke dingen net zo spannend vindt als zijzelf.

Een man van een jaar of dertig en een politievrouw komen naar de balie gelopen. 'Mijn grootmoeder', zegt de man gehaast. 'Het schijnt dat ze hier opgenomen is. Waar is ze?'

'Naam?' vraagt de mevrouw aan de balie onverstoorbaar.

'Theodora Groenveer-Leemans', antwoordt de man ongeduldig.

De mevrouw belt. 'Ze zijn met haar bezig', legt ze uit. 'De dokter komt naar u toe zodra ze klaar zijn. Neemt u intussen even plaats.'

Ambers moeder staat op en loopt naar de man en de agente toe.

'Ik ben Bernadette Keizer', zegt ze. 'Ik heb gebeld. Maar zij kunnen u veel beter vertellen wat er gebeurd is.' Ze wijst naar de plek waar Margot, Amber en Izmet zitten.

Terwijl ze vertellen, maakt de agente ijverig aantekeningen. Als ze klaar is, klapt ze haar boekje dicht en neemt vriendelijk afscheid. Ze komt terug als Doortje is bijgekomen, zegt ze.

Sebastiaan Groenveer wrijft verbijsterd met zijn handen over zijn gezicht. Er zitten donkere kringen onder zijn bruine ogen. Zijn krullende, kastanjebruine haar staat alle kanten op. Het is duidelijk dat hij de afgelopen nachten slecht geslapen heeft.

'Waarom heeft ze niks gezegd?' zucht hij hoofdschuddend. 'Ik had haar kunnen helpen. Wat is ze toch een eigenwijs oud mens. Er zomaar vandoor gaan. Het hele bejaardenhuis stond op zijn kop. De hele tijd zag ik haar voor me, ronddolend in een vreemde stad, verward, ijskoud …' Sebastiaans stem breekt. 'En dat voor zo'n stom testament.'

Margot krijgt tranen in haar ogen. 'Vind je het echt stom?' zegt ze met een dun stemmetje tegen Sebastiaan. 'Ze deed het allemaal voor jou.'

'Wil je het huis soms niet?' wil Izmet weten.

'Als het mijn oma haar leven kost, nee', zegt Sebastiaan ineens fel. 'Dan zoek ik wel een andere manier om mijn vakantiehuisproject van de grond te krijgen.'

Hij kijkt Margot, Amber en Izmet aan. 'Ik heb jullie nog niet eens bedankt', zucht hij. 'Terwijl jullie zoveel voor mijn oma gedaan hebben.'

'Zouden de Coornherts erachter zitten?' gokt Margot.

'Waarachter?' vraagt Sebastiaan.

'Nou, achter die val van Doortje …'

'Margot', lacht Ambers moeder. 'De politie heeft gezegd dat ze het gaan onderzoeken. Ga nou niet zelf detective spelen.' Ze draait zich om naar Sebastiaan. 'Het is echt het waarschijnlijkst dat je oma gewoon gevallen is.'

Er komt een dokter naar hen toe. 'Meneer Groenveer?' vraagt ze.

Sebastiaan staat snel op. Met een bezorgd gezicht kijken ze de dokter aan.

'Het is ernstig', bevestigt de dokter hun bange vermoedens. 'De hoofdwond is diep, er is een zwelling in de hersens opgetreden en ze heeft veel bloed verloren. We hebben een spoedoperatie uitgevoerd. Er zijn ook drie ribben gebroken. Ze is nog buiten bewustzijn. We zullen moeten afwachten.'

'Kan ik haar zien?' vraagt Sebastiaan.

De dokter knikt. 'Even.' En met een waarschuwende blik op de anderen: 'Maar alleen u.'

'Kom', zegt Ambers moeder. 'Wij kunnen hier niets meer doen. We gaan naar huis.'

Ze geeft Sebastiaan Groenveer een briefje met haar adres en haar telefoonnummer en duwt Amber, Margot en Izmet zachtjes in de richting van de uitgang.

Voor ze de grote draaideur in stapt, kijkt Margot nog een keer om. Ze ziet Sebastiaan en de dokter achter de sluitende liftdeuren verdwijnen.

Ze heeft nog niets gezegd over het sleuteltje.

17

's Avonds ligt Margot na te denken in bed.

Gelukkig deden mama en papa niet al te moeilijk toen ze het hele verhaal hoorden. Het hielp natuurlijk wel dat Ambers moeder erbij was. Die vertelde dat Margot en Izmet Doortjes leven hadden gered.

Mama had Margot zelfs een stevige knuffel gegeven. 'Dat is onze Margot', zei ze trots. 'Ze wil altijd iedereen helpen.'

'Ja', had papa gebromd. 'Maar daarbij doet ze weleens domme dingen.'

Toch had Margot ook bewondering in zijn ogen gezien.

Het resultaat is wel dat ze nu de villa helemaal niet meer in mag. En zij niet alleen. Mama heeft direct oom Massimo gebeld en die heeft Gina ook verboden nog in de buurt van het huis te komen. En Ambers moeder heeft ervoor gezorgd dat de ouders van Izmet, Lars en Daan op de hoogte zijn.

En al zou ze willen, ze kan de villa niet eens meer in. De politie heeft het huis verzegeld tot het onderzoek naar Doortjes val is afgerond. En daarna zullen de Coornherts er wel een nieuw hek omheen zetten. Met een slot dat wel dicht kan.

Margot zucht. Hoe moet het nu met het testament? Als er echt een kistje in het huis verborgen is, kunnen ze er nu niet meer bij. Dan is Doortjes kans om het huis te erven verkeken.

Ze moet Sebastiaan toch maar over het sleuteltje vertellen. Misschien weet hij een oplossing.

De volgende dag weet iedereen in Zandplaat wat er gebeurd is. Er staat een foto van Doortje in de krant en ook een van Villa Amandine. Zelfs het verhaal over de erfenis staat erin. Sebastiaan heeft het blijkbaar tegen een journalist verteld, die hem in het ziekenhuis is komen opzoeken.

In het artikel staat ook dat de politie uitgaat van een ongeluk.

'Het is niet waar', houdt Margot stug vol, als ze na school op het schoolplein blijven hangen en de gebeurtenissen van de vorige dag bespreken. 'Doortje zei dat ze geduwd werd. Als de politie het niet wil geloven, moeten we zelf uitzoeken wie het gedaan heeft.'

'Het zou makkelijker zijn als Doortje bij kennis was', zucht Gina.

'Maar de politie kan het onderzoek toch niet afsluiten voor ze met haar gepraat hebben?' vraagt Lars.

'Het is maar de vraag of ze nog bijkomt', sombert Izmet.

'Zeg, alsjeblieft', stuift Amber op. 'Je moet niet meteen het ergste denken.'

Margot voelt in haar jaszak. Ze haakt haar vinger rond het kettinkje en trekt het eruit. De anderen kijken verbaasd naar het bungelende sleuteltje.

'Wat is dat?' roept Daan.

'De sleutel tot het testament', zegt Margot plechtig. 'Alleen hebben we er nu niks meer aan.'

'Je hebt haar sleuteltje gepakt!' roept Gina vol ongeloof. 'Waarom?'

Margot haalt haar schouders op. 'In het ziekenhuis zou ze het misschien kwijtraken. En ik dacht dat we nog konden gaan zoeken in de villa. Maar nu zal ik het bewaren tot Doortje beter is.' Ze doet het kettinkje om haar hals en klikt het slotje dicht.

Ambers mobieltje piept om te melden dat er een sms'je is. Ze klikt het ding open en zegt: 'Het is van mama. Ze zegt dat Sebastiaan vanmiddag langskomt. Komen jullie ook?'

Ze knikken. Ze mogen dan wel niet meer naar de villa, maar niemand heeft hun verboden naar de vuurtoren te gaan.

's Middags lopen Margot en Gina samen naar het vuurtorenwachtershuis. Ze gaan achterom, langs het atelier van Bernadette. In de ruimte tussen het atelier en de vuurtoren komen ze Abraham tegen.

Abraham is de vroegere vuurtorenwachter. Hij woonde in het vuurtorenwachtershuis, tot de gemeente de toren aan Ambers moeder verkocht. Nu is hij gepensioneerd. In de zomer speelt hij gids in het vuurtorenmuseum, en in de winter doet hij wat lichte onderhoudsklusjes. Hij heeft een pot verf en een kwast bij zich.

'Hoi Abraham', groeten de meisjes. 'Ga je kunstschilderen?'

'Ik niet', grinnikt Abraham. 'Dat laat ik liever aan Bernadette over. Nee, ik ga een paar kozijnen verven in de toren. Over drie maanden is het Pasen, en dan moet alles weer in orde zijn.'

'Dan heb je toch nog tijd genoeg', lacht Gina. 'Ik zou wachten tot het wat minder koud is!'

Ze willen doorlopen, maar ineens blijft Abrahams blik rusten op Margot. Ze heeft haar jas opengeritst, en het sleuteltje van Doortje hangt goed zichtbaar op haar trui.

'Wat heb je daar?' vraagt Abraham.

'O, niks bijzonders', bloost Margot. Ze heeft geen zin om het hele verhaal aan Abraham te vertellen. Stom ook, dat ze het sleuteltje niet onder haar trui heeft gestopt.

'Mag ik?' Voor Margot iets kan zeggen, zet Abraham het blik verf op de grond en voorzichtig neemt hij het sleuteltje in zijn hand. Hij tuurt er ingespannen naar.

'Vreemd ...' mompelt hij.

'Hoezo?' vraagt Gina.

Abraham draait het sleuteltje om en om. 'Zulke sleuteltjes zaten vroeger op de kluisjes van het station in Duinvoorde', vertelt hij. 'Dat weet ik zeker, want het waren speciale sleuteltjes, met een krul bovenaan. Net als dit. Vroeger hing aan die krul nog een ringetje met een label. En daar stond het kluisnummer op.'

'Hoe weet jij dat?' vraagt Margot ademloos. Stel je voor dat

Abraham gelijk heeft. Dan ligt het testament misschien toch niet in Villa Amandine!

Abraham grijnst. 'Ik heb ooit verkering gehad met een meisje uit Duinvoorde. Maar onze ouders waren ertegen. We spraken bijna elke zaterdag af op het station. Ik zei thuis dat ik ging voetballen, en zij zei dat ze bij een vriendin ging handwerken. We gingen thuis weg, zij met haar handwerkje en ik met mijn voetbaltas. Die legden we op het station in een kluisje en dan gingen we wandelen, of naar de film, of naar het park.'

'Hoe is het afgelopen?' vraagt Gina nieuwsgierig.

'Mijn voetbaltrainer vroeg aan mijn vader waarom ik nooit meer wedstrijden speelde,' grijnst Abraham. 'Toen was het afgelopen met onze stiekeme afspraakjes. Maar nu moet ik gaan verven. Tot later!'

Hij pakt zijn blik verf van de grond en doet de deur naar de vuurtoren open.

Gina en Margot haasten zich naar de woonkamer. Dit moeten de anderen horen!

'Ik wilde iets meebrengen voor jullie, om jullie te bedanken,' zegt Sebastiaan verontschuldigend, als hij even later het vuurtorenwachtershuis binnenstapt. 'Maar ik weet helemaal niet wat jullie leuk vinden.'

'Nou, ik hou van computergames …' begint Lars.

'Lars,' sist Gina. 'Hou je kop!'

Lars kijkt haar verbaasd aan. 'Wat nou', protesteert hij.

'Hoe is het met Doortje?' vraagt Margot snel.

Sebastiaan glimlacht. 'Ze is gelukkig bijgekomen. Ik heb vanochtend heel even met haar kunnen praten. Ze ligt nog wel aan allerlei slangetjes vast, maar de dokter denkt dat ze er wel weer bovenop komt.' Hij kijkt direct weer ernstig. 'Ze blijft volhouden dat ze geduwd is. Maar de politie gelooft haar niet echt. Ze herinnert zich niet waar ze tegenaan is gevallen. Ze weet ook niet meer dat ze de lamp bij het gordijn gezet heeft.'

'En als de persoon die haar geduwd heeft de lamp onder het gordijn gezet heeft?' oppert Amber. 'Expres, zodat er brand zou komen? Om sporen uit te wissen?'

'Jullie hebben een rijke fantasie', zegt Bernadette. 'Niemand behalve jullie wist toch dat ze daar was? En ik mag hopen dat jullie die lamp daar niet gezet hebben!'

'Jij hebt toch niet gekletst, hè, Lars', waarschuwt Margot. 'Jij kunt nooit een geheim bewaren.'

'Ik heb helemaal niks gezegd!' roept Lars. 'Tegen niemand!'

Ze beginnen allemaal door elkaar heen te praten. Als Sebastiaan zijn hand opheft, wordt het weer stil. Lars kijkt boos naar Margot.

'Oma beweerde ook dat haar sleutel gestolen was', gaat Sebastiaan verder. 'Maar de politie heeft op de deur van de kelder een sleutel gevonden. Ze was natuurlijk vergeten dat ze hem daar had laten zitten.'

'Nee', schudt Margot haar hoofd. 'Ze bedoelde deze sleutel.'

Ze laat Sebastiaan het sleuteltje om haar hals zien en vertelt waarom ze het meegenomen heeft en wat Abraham daarjuist gezegd heeft.

'Dus het testament zit in een kluisje op het station in Duinvoorde?' vraagt Sebastiaan met opgetrokken wenkbrauwen.

'Daar lijkt het op', knikt Bernadette.

'Abraham zei wel dat die sleuteltjes *vroeger* op de kluisjes zaten', zegt Gina voorzichtig.

'Ik vraag het even', zegt Margot. Ze glipt de woonkamer uit. Na vijf minuten is ze terug. Ze kijkt sip.

'Abraham zegt dat de kluisjes vijfentwintig jaar geleden zijn afgebroken, toen het station verbouwd is', zucht ze.

'Wat hebben ze dan gedaan met de kluisjes waar nog iets in zat?' wil Daan weten.

'Misschien in het depot gezet', oppert Bernadette.

'Gaan we kijken?' vraagt Amber. Ze kijken vol spanning naar Sebastiaan.

'Ik wil wel, maar jullie kunnen niet allemaal in mijn auto', aarzelt hij.

'Mama rijdt ook wel', roept Amber. 'Toch, mam?'

Bernadette schiet in de lach. 'Dat heb je dan weer mooi geregeld. Nou vooruit, jassen aan en de auto in.'

18

De meneer van het bagagedepot van het station in Duinvoorde draait het sleuteltje om en om in zijn handen. Hij
gluurt over de rand van zijn bril naar Sebastiaan. 'Het is een
hele tijd geleden dat ik nog zo'n sleuteltje gezien heb', bromt
hij. 'Die kluisjes bestaan niet meer.'

'Dat weet ik', zegt Sebastiaan geduldig. 'We willen alleen
weten wat er gebeurd is met de kluisjes waarvan de inhoud
nooit is opgehaald.'

'Die zijn ook geruimd', mompelt de man. 'En wat erin
zat, is in het depot gezet. Ik heb er zelf nog aan meegeholpen.
Sommige koffers staan hier al vijfentwintig jaar, weet u. Dat
kost alleen maar geld en opslagruimte. Mensen dumpen hier
van alles en komen nooit meer terug. Het is tijd dat die boel
eens wordt opgeruimd.'

'Wat een mopperpot', fluistert Izmet tegen Margot. Ze giechelt.

'Dan heb ik goed nieuws voor u', lacht Sebastiaan. 'Wij
komen iets ophalen dat er misschien nog ligt.'

De man kijkt met half dichtgeknepen ogen nog eens naar
het sleuteltje. 'Ik kan niets voor u doen. Er hangt geen nummer meer aan', besluit hij.

Sebastiaan knijpt heel even zijn lippen op elkaar. Margot
bewondert zijn geduld.

'Liggen de spullen uit de oude kluisjes bij elkaar?' vraagt Sebastiaan dan.

De man knikt. Hij steekt zijn duim over zijn schouder. 'Daarachter.'

'Wilt u dan eens kijken of er misschien een enveloppe bij zit? Of iets anders waar papieren in zouden kunnen zitten? Misschien staat er een naam op. Doortje, of Theodora, of D. Groenveer, bijvoorbeeld.'

De man haalt zijn schouders op. Hij grijpt naar de sleutelbos aan zijn riem en rammelt eraan tot hij de sleutel te pakken heeft die hij zoekt.

'Wat u wilt', bromt hij. 'Ik veronderstel dat het na vijfentwintig jaar niks meer uitmaakt aan wie ik die ouwe troep meegeef.'

Het lijkt uren te duren voor de man terugkomt. Maar als hij weer opduikt tussen de rekken van het depot, heeft hij een grote bruine enveloppe in zijn hand, die hij met een plof op de toonbank deponeert.

Met bonkend hart kijkt Margot naar de enveloppe. *Voor Doortje*, staat er in zwarte inkt op geschreven. De letters zijn krachtig en sierlijk.

Sebastiaan wil de enveloppe pakken, maar de man legt zijn hand erop.

'Eerst een formulier invullen', bromt hij. Hij tovert een dubbel vel papier onder zijn toonbank vandaan. Sebastiaan voelt in zijn zakken, maar vindt geen pen. De man maakt geen aanstalten hem een pen te geven. Bernadette vist er ten slotte eentje uit haar tas.

Haastig vult Sebastiaan alle gegevens in. Hij zet zijn handtekening, maar krijgt de enveloppe nog niet mee. De man houdt het formulier met gestrekte arm voor zich, leest wat Sebastiaan heeft ingevuld, zet ook zijn handtekening en knalt er daarna een stempel op. Hij likt aan zijn vingers, scheurt het onderste blad van het formulier af en geeft het aan Sebastiaan. Daarna mogen ze de enveloppe eindelijk meenemen.

Ze lopen naar de stationsrestauratie. Ze schuiven twee tafels tegen elkaar en gaan zitten. Sebastiaan scheurt voorzichtig de enveloppe open. Het testament van mevrouw Coornhert zit er inderdaad in.

'Joepie!' juicht Margot. 'Nu kan Doortje bewijzen dat het huis van haar is! Wat zullen de Coornherts op hun neus kijken!'

'Wordt Villa Amandine nu niet afgebroken?' vraagt Daan.

'Als het aan mijn grootmoeder en mij ligt niet!' straalt Sebastiaan. 'Ik trakteer! Wie wil er een warme chocolademelk met slagroom?'

Dat hoeft hij geen twee keer te vragen.

Tussen twee slokjes hete chocolademelk door vraagt Margot: 'Gaan we het nu aan Doortje vertellen?'

'Reken maar', knikt Sebastiaan. 'Onze volgende halte is het ziekenhuis!'

Doortje ligt nog op de intensive care, dus alleen Sebastiaan mag naar binnen. De anderen wachten in de hal.

Er komt een jonge vrouw de hal in lopen. Ze draagt een spijkerbroek, hoge zwarte laarzen en een gebreid mutsje op haar korte zwarte haar. In haar hand heeft ze een bosje bloemen. Bij de balie vraagt ze naar mevrouw Groenveer.

Margot spitst haar oren. Waarom vraagt deze vrouw naar Doortje?

De vrouw mag niet naar Doortje, omdat ze geen familie is. Ze geeft het bosje bloemen af aan de balie en wil weer naar buiten lopen.

'Het gaat best goed met Doortje', roept Margot. Ze wil de vrouw niet zomaar laten vertrekken. Ze is veel te nieuwsgierig naar wie de bezoekster is.

De jonge vrouw kijkt verbaasd om. Ze heeft een knap gezicht met levendige, donkere ogen.

'O', zegt ze. 'Ik ben blij dat te horen. Ik vond het zo erg toen ik hoorde van haar ongeluk. En dat allemaal vanwege dat oude huis. Ben jij familie van haar?'

'Nee', antwoordt Margot. 'Wij hebben haar gevonden.' Ze wijst naar de anderen, die geïnteresseerd meeluisteren.

De jonge vrouw lacht. 'Jullie zijn helden', knikt ze bewonderend.

'Bent u van Doortjes bejaardenhuis?' vraagt Margot.

'Nee', zegt de vrouw. 'Ik ben de eigenares van Villa Amandine.'

Margot schrikt. 'Coornhert', fluistert ze.

'Ja', knikt de vrouw, verrast dat Margot de naam kent. 'Adriana Coornhert.'

Ineens is Margot woedend. Ze kijkt Adriana Coornhert fel aan. Dat mens heeft natuurlijk in de krant gelezen waarom Doortje in Villa Amandine zat. Dan weet ze van het testament! Wat komt ze hier doen? Tegen Doortje zeggen dat ze de villa niet krijgt? Ha, maar dat zal niet gebeuren!

'De villa is van Doortje', flapt Margot er venijnig uit. 'We hebben het testament gevonden!'

'Margot', komt Bernadette, die erbij is komen staan, tussenbeide, 'er is geen reden om te snauwen.'

'Maar ze is een Coornhert!' roept Margot.

'Is dat een probleem?' vraagt Adriana Coornhert. Ze lijkt oprecht verbaasd. 'Ik maakte me zorgen om dat vrouwtje. Ik kwam alleen maar kijken hoe het met haar gaat. Wat heeft dat met mijn familie te maken?'

'Jullie willen de villa afbreken', mompelt Margot.

Adriana zucht. 'Ach, daar hou ik me niet zo mee bezig. Dat was vooral een project van mijn vader en mijn verloofde. Zij hadden grote plannen met die locatie. Ze wilden de villa inderdaad afbreken en er een appartementsgebouw neerzetten. Dat zou een hoop geld opbrengen. Ze waren er al maanden mee bezig. Maar mijn vader is vorige maand overleden. Nu is de villa van mij. Mijn verloofde blijft aandringen dat ik mijn vaders plannen moet voortzetten, maar ik laat het liever aan hem over. Wat zei je trouwens over een testament?'

Margot negeert de waarschuwende blik van Bernadette en vertelt Adriana triomfantelijk dat mevrouw Coornhert de villa aan Doortje heeft nagelaten, en dat ze dat nu ook kunnen bewijzen.

'Goh', zegt Adriana. 'Ik heb het verhaal van dat testament wel eens gehoord. Iets over een gekke dienstmeid die Doortje heette en de villa kwam opeisen toen mijn overgrootmoeder was gestorven. In de familie werd dat altijd als een goeie grap beschouwd. Maar het blijkt nu dus toch waar te zijn.'

Ze krabt nadenkend aan haar kin. Dan begint ze te grinniken. 'Daar zal mijn verloofde niet zo blij mee zijn. Hij heeft zijn zinnen gezet op dat appartementsgebouw.'

Margot is in de war. Adriana lijkt er helemaal niet mee te zitten dat ze de villa misschien kwijtraakt. Bovendien lijkt Adriana erg aardig. Dat wil Margot niet. Ze wil een Coornhert niet aardig vinden.

De liftdeuren zoemen open en Sebastiaan stapt de hal binnen. Hij kijkt bezorgd.

'Het gaat slechter met haar', zucht hij. Hij haalt een hand door zijn krullen. 'Ze ligt aan de beademing.'

'Heb je haar kunnen vertellen van het testament?' vraagt Margot.

Sebastiaan schudt zijn hoofd. Hij kijkt somber naar de enveloppe in zijn hand.

'Bent u de kleinzoon van mevrouw Groenveer?' vraagt

Adriana. Ze steekt haar hand uit naar Sebastiaan. 'Ik ben Adriana Coornhert. Het spijt me verschrikkelijk van uw grootmoeder.'

Beduusd schudt Sebastiaan haar de hand. Margot vindt dat hij Adriana veel te lang aankijkt.

'Is dat het bewuste testament?' vraagt Adriana met een hoofdknik naar de enveloppe.

'Eh ... wat ... ja ... ja, dat is het', stamelt Sebastiaan.

'Misschien kunnen we er even over praten', stelt Adriana voor. 'Zullen we in de kantine gaan zitten? Hebt u zin in een kopje koffie?'

Tot Margots afgrijzen knikt Sebastiaan. Ze wil iets zeggen, maar Bernadette pakt haar bij de arm en trekt haar snel met zich mee.

'Wij gaan alvast', deelt ze mee. 'Sterkte verder.'

'Eh ... ja', mompelt Sebastiaan. 'Bedankt voor alles, Bernadette.'

'Graag gedaan. Laat je ons weten hoe het verder gaat?'

Sebastiaan knippert met zijn ogen. 'Ja, natuurlijk', belooft hij. Dan loopt hij snel met Adriana mee.

'Maar ...' protesteert Margot.

'Niks te maren', snoert Bernadette haar de mond. 'Sebastiaan is oud en wijs genoeg om te weten wat hij doet.'

'Maar we passen niet allemaal in jouw auto!' probeert Margot nog.

'Moet jij eens opletten', grijnst Bernadette.

19

Op zaterdagochtend rond een uur of elf loopt Margot opgewekt naar de bakkerij van Daans ouders om een taart te gaan halen. Sinds papa werkloos is, eten ze niet zo vaak meer gebak, maar vandaag is een uitzondering. Vanochtend vroeg heeft Sebastiaan namelijk gebeld dat het met Doortje de goede kant op gaat, en dat Adriana Coornhert er blijkbaar geen probleem van maakt als ze de villa zou moeten afstaan. Ze vindt het verhaal van Doortje erg aangrijpend, heeft ze gezegd.

Margot kan wel zingen van geluk. Vanmiddag gaat ze bij Doortje op bezoek. Sebastiaan komt haar ophalen. Doortje is nog zwak, dus ze mag niet te veel bezoek tegelijk ontvangen. Margot mag als eerste, daarna mogen de anderen om de beurt met Sebastiaan mee.

Voor de bakkerij staan enkele auto's geparkeerd. Een ervan is een zwarte Alfa Romeo.

Margot blijft even stilstaan en kijkt nadenkend naar de auto. Dan loopt ze ernaartoe. Op de achterbank staat een kinderzitje, dat Margot herkent als het stoeltje van Wessel. Zou Evert Nieuwdorp weer voor zaken in Zandplaat zijn? Ze heeft niets meer van hem gehoord sinds ze hem de vraag over het testament gesteld heeft.

Margot duwt de winkeldeur van de bakkerij open. Net

als ze naar binnen wil gaan, komt er een andere klant naar buiten. In zijn ene hand houdt hij een papieren zak, in de andere een croissant. Als ze opzij stapt om de man erlangs te laten, ziet Margot dat het Evert is.

'Dag meneer Nieuwdorp', zegt ze. Hij ziet er zo netjes uit in zijn lichtgrijze pak dat ze hem geen 'Evert' durft te noemen.

Evert Nieuwdorp lijkt even te schrikken, maar herstelt zich onmiddellijk. 'Hé, dag Margot', groet hij. 'Hoe gaat het met je?' Hij neemt een grote hap uit de croissant. 'Sorry', zegt hij. 'Ik heb nog niet ontbeten.'

'Het gaat goed', knikt Margot. 'Is Wessel er niet bij?'

'Deze keer niet', lacht Evert Nieuwdorp. Hij grabbelt in zijn broekzak naar zijn autosleutels. 'Ik kan niet blijven praten', verontschuldigt hij zich. 'Ik heb haast.'

Voor hij in de auto stapt, vraagt Margot snel: 'Weet je al wat meer over die vraag die ik gesteld heb?'

'O ja', knikt Evert. 'Dat testament. Ik heb het eens nagevraagd.'

'En?' vraagt Margot vol spanning.

'Nou, de kans is groot dat een testament dat pas na vijftig jaar wordt gevonden, niet meer geldig is. Het is verjaard.'

Margot laat van schrik bijna mama's portemonnee vallen. Dit kan niet waar zijn!

Evert ziet haar schrikken. 'Wat is er?' vraagt hij bezorgd.

Margot slikt snel een paar keer.

'Weet je dat zeker?' piept ze.

Evert knikt. 'Ga daar maar van uit', zegt hij. 'Waarom ben je daar zo door van streek? Het was toch maar iets voor school?'

Margot zucht. Ze aarzelt. Zou ze het hem vertellen?

Ach, waarom niet. Het is nu toch bekend. En Evert is zo aardig geweest het voor haar uit te zoeken.

Als ze klaar is, stopt Evert zijn halve croissant bedachtzaam weer in het zakje.

'Dus het gaat nu weer goed met dat vrouwtje?' vraagt hij. Hij fronst zijn wenkbrauwen. 'Nu je het zegt, ik heb er geloof ik iets over in de krant gelezen. Doortje Groenveer, hè?'

Margot knikt. 'Ik ga haar vanmiddag opzoeken in het ziekenhuis in Duinvoorde. Samen met haar kleinzoon.'

'Aha. Dat is aardig van je.' Evert kijkt op zijn horloge. 'Maar nu moet ik echt weg. Ik zal tegen Wessel zeggen dat ik je gezien heb.'

'Ik wil best nog eens op hem passen', biedt Margot aan.

'Ik zal het onthouden', lacht Evert Nieuwdorp. Even later scheurt hij weg in zijn zwarte Alfa Romeo.

Een stuk minder vrolijk loopt Margot de winkel binnen. Als het waar is wat Evert zegt, dan is het testament dus waardeloos. En dan is alles helemaal voor niets geweest. Hoe moeten ze dat aan Doortje vertellen?

's Middags rond een uur of één komt Sebastiaan Margot ophalen. Margot heeft een bosje bloemen voor Doortje gekocht. Met een glimmend rood lintje heeft ze er een kaartje aan vastgemaakt. Maar het fleurige bosje bloemen maakt haar niet vrolijker. Zuchtend vertelt ze aan Sebastiaan wat ze die ochtend van Evert Nieuwdorp heeft gehoord.

'Ach', knikt Sebastiaan. 'Het is niet zo'n drama. Een paar weken geleden wist ik nog niet eens dat dat huis bestond.

Het was eigenlijk ook te mooi om waar te zijn. Weet je, ik vind het veel belangrijker dat mijn oma weer beter wordt.'

'Ja,' klaagt Margot, 'dat weet ik wel, maar ik vind het toch oneerlijk.'

'Dat is aardig van je', lacht Sebastiaan. 'Kom, stap in de auto, dan gaan we.'

Ze rijden Margots straat uit. Als ze de kustweg in de richting van Duinvoorde op draaien, ziet Margot Lars op zijn mountainbike over de dijk fietsen. 'Toeter eens', grinnikt ze naar Sebastiaan. 'Ik wil hem laten schrikken.'

Sebastiaan toetert. Maar Lars schrikt niet. Hij kijkt, herkent Sebastiaan en Margot en begint als een wildeman te zwaaien. Hij gebaart naar Sebastiaan dat hij moet stoppen en trapt als een bezetene om op gelijke hoogte met de auto te komen.

'Wat heeft die ineens?' vraagt Margot verbaasd.

Sebastiaan remt en gaat met knipperende lichten in de berm staan. Lars gooit zijn mountainbike op de dijk, steekt de straat over en rent naar de auto toe.

Sebastiaan duwt op een knopje in het handvat van het autoportier. Het raampje aan Margots kant schuift naar beneden en Lars steekt zijn hoofd naar binnen.

'Hoi', grijnst hij.

'Zeg, grapjas', sputtert Margot. 'Als het alleen maar is om hoi te zeggen, dan had je ons niet hoeven laten stoppen. We gaan naar Doortje, en het bezoekuur begint bijna!'

'Ik moet iets vertellen', zegt Lars, ernstig nu. 'Ik denk dat ik weet wie Doortje geduwd heeft.'

'Wat?' roept Sebastiaan.

'Ja', knikt Lars. 'Ik was vanmorgen met papa in Duinvoorde. We reden langs het politiebureau. Daar zag ik een bestelbus staan. Weet je wat erop stond?'

'Nou?' vraagt Margot ongeduldig.

'A. Coornhert Aannemersbedrijf', zegt Lars langzaam, alsof hij indruk wil maken.

'Ja, en?' Sebastiaan kijkt Lars vragend aan.

'Toen zag ik iemand uit het politiebureau komen. Het was die vrouw die we in het ziekenhuis gezien hebben, die … hoe heet ze ook alweer?'

'Adriana', vult Sebastiaan aan.

'Ja!' roept Lars. 'Die was het! Ze kwam uit het bureau en er liep een agent mee. Maar ze stapte niet in de bestelbus. Ze reed met die agent weg in een politiewagen!'

'Was ze gearresteerd?' vraagt Margot.

'Dat weet ik niet', schokschoudert Lars. 'Maar waarom zou ze anders in een politiewagen stappen? Vast omdat ze teruggaan naar Villa Amandine, om na te spelen hoe ze Doortje geduwd heeft. Dat doet de politie toch altijd, naspelen wat er gebeurd is?'

'Maar hoe weet je dan dat zij het was die Doortje geduwd heeft?' Sebastiaan lijkt nog altijd niet overtuigd.

'A. Coornhert Aannemersbedrijf!' roept Lars. 'In het ziekenhuis zei die Adriana dat het huis haar niet zoveel kon schelen. Dat het vooral haar verloofde was die zich ermee bezighield. Maar het aannemersbedrijf staat wel op haar naam! Dus wie gaat dat appartementsgebouw daar neerzetten, denk je?' Triomfantelijk kijkt Lars van Margot naar Sebastiaan.

'Zie je wel dat die Coornherts niet te vertrouwen zijn', roept Margot verontwaardigd. 'Dit moeten we de anderen ook vertellen!'

'Ik vraag wel of ze vanmiddag naar het zwembad komen', zegt Lars.

Margot knikt. 'Rond een uur of drie. Dan zijn we wel terug van het ziekenhuis.'

'Oké! Tot straks!' Lars holt terug naar de dijk, vist zijn mountainbike van de grond en vervolgt zijn weg.

Margot leunt achterover. Ze kan een licht gevoel van triomf niet onderdrukken. Ze had toch gelijk over die Adriana. Met een schuin oog kijkt ze naar Sebastiaan.

Die kijkt strak voor zich uit en start zwijgend de motor.

Doortje zit rechtop in bed. Haar ogen lichten op als ze Sebastiaan en Margot binnen ziet komen.

'Dag oma', groet Sebastiaan en hij geeft Doortje een kus op haar voorhoofd. Margot legt het bosje bloemen op het tafeltje naast Doortjes bed.

'Ze zijn prachtig', lacht Doortje dankbaar. Ze pakt de bloemen en steekt er haar neus in. 'En ze ruiken nog lekker ook.'

'Hoe gaat het?' vraagt Margot.

'O, goed hoor', knikt Doortje. 'Ik mag bijna naar huis, denk ik.'

'Is de politie hier geweest?' vraagt Sebastiaan.

Doortje kijkt hem verbaasd aan. 'Nee, hoezo?'

'Nou, in verband met die val. Over de vraag of je geduwd bent.'

'Ach', wuift Doortje het onderwerp weg. 'Ik weet het niet meer zo precies. Ik kan net zo goed gewoon gevallen zijn. Het is allemaal een beetje vaag.' Ze slaat haar ogen neer en plukt aan het lintje van de bloemen, alsof ze zenuwachtig is.

Sebastiaan gaat op de rand van het bed zitten en schudt zijn hoofd. Hij kijkt naar Margot.

'Wat Lars vertelt, klopt niet, denk ik', zegt hij voorzichtig.

'Waarom niet?' roept Margot.

'Zouden ze iemand arresteren zonder nog eens met mijn oma gepraat te hebben?' vraagt Sebastiaan. 'Dat zou wel heel slordig zijn. Ze is fit genoeg om haar verhaal te doen, en ze kan bevestigen of er iemand bij haar is geweest.'

Hij draait zich naar Doortje, die ongerust van Margot naar Sebastiaan kijkt.

'Waar heb je het over?' vraagt ze onzeker.

Sebastiaan neemt Doortjes handen vast. 'Oma,' zegt hij ernstig, 'je weet niet meer zeker of je geduwd bent. Maar is er die dag wel iemand bij je geweest in de villa?'

'Euh …' aarzelt Doortje.

'Iemand die onvriendelijk was? Je bedreigde misschien?'

'Ik …' Doortje haalt trillend adem.

'Ze hebben haar al, hoor', probeert Margot Doortje gerust te stellen. 'Lars heeft haar in een politiewagen zien stappen.'

'Wie bedoel je?' vraagt Doortje.

'Adriana Coornhert natuurlijk.'

'Ja maar …' hakkelt Doortje. 'Wat heeft die ermee te maken?'

Margot komt van verbijstering niet meer uit haar woorden.

'Zij … zij heeft …zij is toch … in de villa …'

Doortje schudt ineens resoluut haar hoofd.

'Er was inderdaad iemand bij me in de villa. Maar niet Adriana Coornhert. Het was een man.'

20

Later op de middag ziet Margot de anderen, zoals afgesproken, in het tropisch zwemparadijs dat bij het bungalowpark
van Lars' ouders hoort.

Lars heeft iedereen al uitgebreid verteld over de arrestatie
van Adriana. Hij kijkt behoorlijk ontgoocheld als Margot
niets van zijn verhaal heel laat.

'Je bent net een roddelblad', grinnikt Gina tegen Lars. 'Je
ziet iets, en meteen denk je er van alles bij. Of het nou waar
is of niet.'

'Maar waarom stapte ze dan in die politiewagen?' houdt
Lars vol. 'Dat zal toch ook niet voor niks geweest zijn? Ze is
dan misschien niet in de villa geweest, maar ze heeft vast iets
met het hele zaakje te maken. Ze werkt natuurlijk samen met
die man die bij Doortje was.'

'Daar zit iets in', knikt Daan.

'Ik weet het niet', zucht Margot. 'Alles wat ik weet, is dat
het testament misschien niet meer geldig is, en dat er een
man bij Doortje geweest is die haar geduwd heeft.'

'Misschien geduwd heeft', verbetert Gina.

'Het is logisch dat ze is gaan twijfelen', snuift Amber. 'Iedereen blijft maar zeggen dat ze gevallen is. Net zo lang tot ze het
zelf ook gelooft. Maar iemand heeft die lamp toch verzet. Dat
moet die man geweest zijn.'

'Ja', knikt Izmet. 'En dan waren er nog die bandensporen.'

'Hebben ze die onderzocht?' vraagt Lars.

'Dat ging niet meer, joh', roept Izmet. 'Daar is de ambulance knal overheen gereden.'

'Wie kan die man toch geweest zijn?' vraagt Gina zich af.

Margot haalt haar schouders op. 'Wie het ook was, hij moest iets van Doortje. Maar ze wil er niets over zeggen.'

Gina staat op en gooit haar handdoek in een van de ligstoelen achter hen. 'Ik ga op de glijbaan', zegt ze. 'We kunnen er net zo goed een leuke middag van maken.'

Het is niet druk in het grote zwembad. De kerstvakantie is voorbij, en de meeste gasten op het bungalowpark zijn mensen met kleine kinderen die nog niet naar school gaan. Die zitten vooral rond het speelbadje.

Margot, Gina en Amber lopen naar de glijbaan toe. De jongens blijven liever in het grote bad, waar net de golfslag weer begint. Ze slaan uitgelaten tegen een grote rubberen bal, die aan een lang touw aan het plafond boven het water hangt. De bal zwaait heen en weer en de jongens moeten af en toe wegduiken om hem niet tegen hun hoofd te krijgen.

In het badje aan het uiteinde van de glijbaan staat een vrouw in een witte bikini tot aan haar middel in het water. Ze heeft kort zwart haar. Als ze dichter bij de vrouw komen, stoot Margot Amber en Gina aan.

'Dat is Adriana Coornhert', fluistert ze opgewonden. 'Wat doet die hier?'

'Ja,' giechelt Amber, 'moet die niet in Duinvoorde in de cel zitten?'

'Sst, zometeen hoort ze ons!' schrikt Gina.

Adriana krijgt de meisjes in de gaten. 'Hallo', groet ze, vriendelijk glimlachend. Ze ziet er helemaal niet uit alsof ze net een verhoor op het politiebureau achter de rug heeft, denkt Margot. Of ze weet echt van niks, of ze is een heel goede actrice.

'Dag', zeggen ze terug. Ze blijven een beetje treuzelen.

'Leuk zwembad', probeert Adriana een gesprekje aan te knopen. 'Komen jullie hier vaker?'

Ze knikken. 'De ouders van een vriend van ons zijn de eigenaars', legt Amber uit. 'Wij mogen hier komen zo vaak als we willen.'

'Dat is cool', knikt Adriana.

'Waarom eh ... ben jij hier?' probeert Margot voorzichtig.

Adriana haalt een hand door haar korte haar en puft. 'Mijn verloofde heeft een huisje gehuurd voor het weekend. Hij is hier gisterenavond met zijn zoontje aangekomen, en sinds vanochtend ben ik ook hier. We zouden er samen een leuk weekend van maken, maar vanmiddag moest hij ineens weg. Zijn zoontje wilde heel graag gaan zwemmen. Dus daarom ben ik hier.' Ze lacht. 'Het is een schattig jongetje, hoor, maar wel vermoeiend. Hij wil voortdurend op de glijbaan. Ik moet hem telkens opvangen, want hij kan nog niet goed genoeg zwemmen. Ah, daar komt hij. Voor de zevenendertigste keer.'

Ze spreidt haar armen en vangt het jongetje op dat luid joelend op zijn buik uit de glijbaan komt schuiven. Als Adriana hem uit het water omhoogtilt, krijgt Margot de schrik van haar leven.

'Wessel!' roept ze.

Stomverbaasd zet Adriana Wessel op de rand van het zwembad. Wessel bibbert en steekt zijn handjes tussen zijn benen. Om zijn armpjes zitten grote oranje zwemvleugels. Het water drupt uit zijn haar over zijn gezicht en hij klappertandt, maar hij kijkt stralend naar Margot. 'Is Jelle er ook?' vraagt hij.

Het duurt even voor Margot kan antwoorden. Ze kan bijna niet meer nadenken.

'N... nee', stamelt ze ten slotte. 'Jelle is er niet.'

'Hoe ken jij Wessel?' vraagt Adriana.

'Ze heeft op hem gepast in de kerstvakantie', antwoordt Gina in Margots plaats.

'O, op die manier', knikt Adriana. 'Evert was toen inderdaad in Zandplaat voor besprekingen over Villa Amandine. Toen zat hij ook op dit bungalowpark, net als nu.'

'Heeft hij weer besprekingen?' wil Amber weten.

'Niet dat ik weet. Mij heeft hij niks verteld. Hij zei dat Wessel dit park zo leuk vond in de kerstvakantie, dat hij er nog een weekendje achteraan geboekt had om Wessel te verrassen.'

'Ik heb het koud', klaagt Wessel. 'Ik wil nog een keer op de glijbaan.'

'Ga maar', zegt Adriana. 'Ik vang je wel op. Voorzichtig op de trap en niet rennen op de gladde vloer.'

Wessel dribbelt weg.

Margot kan eindelijk weer praten. Ze pakt Gina en Amber bij de arm en trekt hen mee, zodat Adriana haar niet kan horen.

'Toen ik Evert vanmorgen bij de bakkerij van Daans vader zag,' fluistert ze, 'heb ik hem verteld dat het goed ging met Doortje.'

'Ja, en?' vraagt Gina.

'Maar als hij nou eens de man is die bij Doortje in de villa is geweest!' roept Margot. Ze zegt het harder dan gepland en kijkt verschrikt om naar Adriana. Maar die staat aandachtig naar de glijbaan te kijken of Wessel er nog niet aankomt.

Geschrokken kijken Amber en Gina Margot aan.

'Hoe kom je daar nou bij?' vraagt Gina. 'Hij wist toch niet dat Doortje in de villa was? En waarom zou hij dat doen?'

'Als hij de verloofde is van Adriana, houdt hij zich bezig met de villa! Dus stond Doortje zijn bouwplannen in de weg', begrijpt Amber. 'Zou Adriana dan toch de waarheid vertellen? Dat zij zich niks aantrekt van de villa en helemaal niet weet wat er aan de hand is?'

'Maar als Evert uitgezocht heeft dat het testament misschien niet meer geldig is, dan is dat toch goed nieuws voor hem? Dan heeft Doortje sowieso niks meer over de villa te zeggen', vindt Gina.

'Ja, maar toen hád hij al geduwd', zucht Amber.

'Het komt door ons', snikt Margot. 'Wij zijn over dat testament begonnen.'

'Maar we hebben Doortje of Villa Amandine helemaal niet genoemd!' roept Amber. Ze werpt een zijdelingse blik op Adriana, die de luid joelende Wessel voor de achtendertigste keer in haar armen sluit.

'We moeten er met haar over praten', vindt Amber. 'Ik vertrouw haar.'

'Maar dat politiebureau dan ...' hakkelt Margot.

Adriana heeft Wessel op de arm genomen, stapt het badje uit en draait hem in een handdoek.

'Ik wil nog een keer!' roept hij, terwijl hij worstelt om zich uit de handdoek te bevrijden.

'Straks, Wessel', belooft Adriana. 'Ik wil even gaan zitten. Ga maar in het speelbadje. Daar is ook een glijbaan.'

'Die is voor kleintjes', pruilt Wessel.

Adriana lacht. 'Ja, en jij bent al groot met je vijf jaar, hè?' Ze wil langs Amber, Margot en Gina lopen, als ze ziet dat Margot staat te snikken.

'Is alles goed?' Adriana's stem klinkt bezorgd.

Wessel stapt naar Margot toe. 'Heeft Margot pijn?' vraagt hij. Hij drukt een lief kusje op Margots hand, die daardoor nog harder gaat snikken.

Gina slaat een arm om Margot heen. Amber trekt de stoute schoenen aan.

'Lars heeft vanochtend iemand bij het politiebureau in Duinvoorde gezien die heel erg op jou leek', zegt ze zo luchtig mogelijk tegen Adriana.

Margot houdt haar adem in. Hoe zal Adriana reageren?

Die begint te lachen. 'Dat was ik. Een heel gedoe was dat. Ik was op weg hiernaartoe, en midden in Duinvoorde zat ik zonder benzine. Helemaal vergeten te tanken voor ik van huis vertrok. Vlak voor het politiebureau viel mijn busje stil. Ik ken helemaal niks in Duinvoorde, behalve het ziekenhuis. Dus ik ben het politiebureau binnengegaan om te vragen waar de dichtstbijzijnde benzinepomp was. Een agent was zo aardig om me ernaartoe te brengen. Ik heb zelfs een jerrycan mogen lenen.'

'Heb jij een busje?' vist Amber gespeeld verbaasd.

Adriana knikt. 'Ik had een oude auto, maar die heeft helaas de geest gegeven. Voorlopig rijd ik rond in het busje van mijn vaders aannemersbedrijf.'

'Zie je wel', fluistert Gina opgelucht tegen Margot. 'Ze heeft er niks mee te maken!'

Adriana trekt vragend haar wenkbrauwen op.

Margot lacht door haar tranen heen. Maar als ze aan Evert denkt, betrekt haar gezicht weer. Ze besluit Adriana alles te vertellen.

21

Ze gaan zitten op een paar stoelen aan de rand van het peuter-badje, waar Wessel zit te spelen. Met horten en stoten doet Margot haar verhaal.

'Jullie hebben Evert dus gevraagd of een testament dat na jaren opduikt nog geldig is', begrijpt Adriana, als Margot klaar is. 'Maar jullie hebben met geen woord van Villa Amandine of Doortje gerept.'

Margot en Amber schudden hun hoofd.

'Dan lijkt het me onwaarschijnlijk dat hij jullie vraag in verband heeft gebracht met Villa Amandine', besluit Adriana hoofdschuddend. 'Tenzij …' Er verschijnt een denkrimpel boven haar neus.

Margot, Amber en Gina kijken haar angstig aan.

'Tenzij hij van mijn vader het verhaal over Doortje en het testament gehoord had. Als Evert via mijn vader Doortjes naam kende, door die vraag van jullie aan het denken gezet is en op tv gezien heeft dat Doortje verdwenen was … dan heeft hij misschien de link gelegd met Villa Amandine en dan … allemachtig!' Adriana staat ontzet op van haar stoel.

'Wat?' piept Margot.

'Dan zie ik hem er verdorie nog voor aan ook dat hij Door-tje iets aangedaan heeft om zijn eigen plannetjes veilig te stel-len!'

Ze grist haar tas van de grond en graait erin tot ze haar mobieltje gevonden heeft. Met haar voet nerveus op de grond tikkend, toetst ze een nummer in.

'Voicemail', moppert ze. 'Hij heeft zijn mobieltje áltijd aan staan, en nu niet. Dat klopt niet.'

Ze duwt haar beide handen tegen haar slapen en sluit haar ogen. Dan haalt ze diep adem en ze kijkt Margot ernstig aan.

'Even alles op een rijtje', begint ze. 'Ik kwam vanochtend later dan gepland in het vakantiehuisje aan door het gedoe met die benzine. Dat was al niet naar zijn zin. Hij ging croissants halen, en Wessel bleef bij mij in het huisje. Toen heb jij Evert bij de bakker gezien, hem het hele verhaal verteld. Hij kwam terug van de bakker, was ineens bloednerveus, zei dat hij 's middags weg moest terwijl hij helemaal geen afspraak had. Het enige wat ik kan bedenken, is dat hij naar het ziekenhuis gegaan is.'

Margot schrikt. 'Waarom?'

'Hij wil voorkomen dat Doortje gaat praten.'

'Sebastiaan en ik zijn bij Doortje geweest. We hebben Evert niet gezien', roept Margot.

'En wat als hij gewacht heeft tot jullie weg waren?' vraagt Amber.

'Wat is hij dan van plan met Doortje?' fluistert Gina angstig.

Adriana pakt opnieuw haar mobieltje. 'Ik heb het nummer van het ziekenhuis opgeslagen,' verklaart ze, 'zodat ik af en toe kon bellen om te vragen hoe het met Doortje ging.' Ze toetst het nummer in.

Als ze het gesprek beëindigd heeft, gooit ze het mobieltje terug in haar tas. Ze haast zich naar de rand van het speelbadje en roept: 'Wessel! We gaan!'

Ze draait zich om naar de meisjes. 'De verpleegster zegt dat er iets vreemds is met Doortje. Toen het bezoekuur eigenlijk al voorbij was, is er een man bij haar geweest. Die moet iets tegen haar gezegd hebben waardoor ze helemaal van slag is geraakt. Ze ligt te trillen in haar bed en heeft tranen in haar ogen. Maar ze wil niks zeggen. Het ziekenhuis heeft Sebastiaan al gebeld. Ik moet weten of die man Evert was. Ik ga haar een foto laten zien en het gewoon vragen. Gaan jullie met me mee?'

Ze wacht niet op antwoord, maar loopt met grote passen het speelbadje in en vist Wessel uit het water. Die zet het op een brullen, maar Adriana is onverstoorbaar.

'We gaan ons aankleden, Wessel', zegt ze. 'We komen een andere keer wel terug.'

'Mogen de jongens ook mee?' vraagt Amber snel.

Adriana knikt, terwijl ze de tas om haar schouder slingert. 'Over tien minuten bij de uitgang.' Ze klemt de schreeuwende Wessel stevig in haar armen en probeert hem te sussen terwijl ze in de richting van de kleedkamers loopt.

Margot haast zich naar het grote zwembad. 'Lars! Izmet! Daan!' schreeuwt ze. 'We gaan naar Duinvoorde. Opschieten!'

Een kwartier later stappen ze met z'n allen in de bestelbus van A. Coornhert Aannemersbedrijf. 'Ja,' zegt Adriana grimmig, 'het is niet toevallig dat Villa Amandine plaats zou moeten maken voor een appartementsgebouw. Mijn vader en Evert hadden het er constant over. Maar net als de bus is het bedrijf nu van mij. En de villa ook. Evert heeft er helemaal niks over te zeggen.'

Adriana scheurt met een rotvaart weg van de parkeerplaats op Hoogduinen. Ze hotsen en botsen heen en weer in de bus.

'Waarom hebben we eigenlijk zo'n haast?' vraagt Lars.

'Snap je dat niet?' vraagt Amber. 'Als Evert Doortje geduwd heeft, dan wilde hij haar misschien wel vermoorden. Dat is niet gelukt. Nu is hij natuurlijk bang dat Doortje hem zal herkennen.'

'Dus wilde hij het nog eens proberen, is dat het?' schrikt Izmet. 'Denken jullie daarom dat hij naar het ziekenhuis gegaan is?'

'Zo stom is hij niet', zucht Adriana, haar blik strak op de weg gericht. 'Deze keer zou direct duidelijk zijn dat hij het geweest was. Maar hij kan Doortje wel bedreigd hebben. Ze is niet voor niets zo overstuur.'

'Hij leek zo aardig. En zo behulpzaam. Ik kan bijna niet geloven dat ...' Margot bijt op haar lip.

Wessel is nog altijd aan het huilen. 'Ik wil ... op ... de glij-hij-baan!' jammert hij.

'Wessel, alsjeblieft', smeekt Adriana. 'We gaan morgen terug, ik beloof het!'

Margot kijkt naar de ontroostbare Wessel. Ze heeft medelijden met hem. Het is maar goed dat hij nog zo klein is en niet begrijpt wat zijn vader uitspookt.

Ze krijgt een idee. 'Misschien kunnen we Wessel bij mij thuis afzetten', zegt ze tegen Adriana. 'Mama is thuis en Jelle ook.'

Ze draait zich om naar Wessel. 'Wil je met Jelle spelen?'

Wessel snuft en knikt.

'Dan moet je stoppen met huilen', zegt Margot. 'Goed?'

Wessel knikt opnieuw. Margot wijst Adriana de weg naar haar huis.

Ze rijden voorbij de vuurtoren en slaan vlak voor de Boulevard linksaf.

Een meter of twintig verder ligt aan de linkerkant van de weg het pad naar Villa Amandine.

'Papa!' roept Wessel ineens, als ze voorbij het pad rijden. Adriana trapt onmiddellijk op de rem. 'Wat zei je, Wessel?'

'Papa!' herhaalt Wessel. Hij lacht door zijn tranen heen en wijst naar het pad.

Een eindje verderop staat inderdaad de zwarte Alfa Romeo van Evert Nieuwdorp.

'Hij zit in de villa', fluistert Amber geschrokken.

'Zou hij weer proberen het huis in brand te steken?' vraagt Izmet zich af.

Adriana pakt Wessels handje. Margot ziet dat ze moeite moet doen om rustig te blijven. 'We brengen je nu naar Jelle', zegt ze. 'Straks zie je papa weer.'

Wessels onderlipje begint weer te trillen, maar hij knikt. Adriana geeft gas en rijdt zo snel als ze kan naar Margots huis.

Gehaast legt Margot aan mama uit wat er aan de hand is. Mama lijkt het verwarde verhaal maar half te begrijpen, maar neemt Wessel toch van Margot over. Zodra Wessel Jelle in het oog krijgt, lijkt zijn verdriet vergeten.

Even later parkeert Adriana haar bestelbus op het pad, vlak achter de Alfa Romeo. Met de auto kan Evert in elk geval niet meer weg.

22

Behoedzaam lopen ze naar Villa Amandine toe. Intussen is het zachtjes gaan regenen. De traptreden naar het veranda-terras van de villa zijn glad van de nattigheid.

De zware, met gietijzeren krullen versierde voordeur van de villa staat op een kier.

'Is hij hierdoor naar binnen gegaan?' fluistert Margot ver-baasd. 'Niet door de kelderdeur?'

'Hij heeft een sleutel', vertelt Adriana. 'Mijn vader had hem die gegeven omdat Evert de meeste zaken regelde met betrek-king tot de sloop en de bouw. Zo kon hij erin en eruit als het nodig was. Ik heb die sleutel na mijn vaders dood niet terug-gevraagd, dus ik neem aan dat hij die nog altijd in zijn bezit heeft.'

Margot duwt zachtjes tegen de voordeur. Ze verwacht ieder moment een brandlucht te ruiken, net zoals toen ze Doortje vond. Haar hart bonst in haar keel. Ze snuift, maar ze ruikt alleen de muffe, vochtige geur van het verlaten huis.

Zwijgend stappen ze de hal in. Met een zaklamp die ze uit haar bestelbus gehaald heeft, schijnt Adriana over de vloer van de hal. Margot ziet weer de kapotte kroonluchter liggen, die Doortje geprobeerd heeft te verslepen.

Het is doodstil in het huis. 'Misschien zit hij hier helemaal niet', oppert Daan. 'Misschien heeft hij een bom gelegd en zit hij nou ergens in de duinen te wachten tot het huis ontploft.'

'Daan!' schrikt Gina. 'Zeg zoiets niet!'

Daan haalt zijn schouders op. 'Het zou toch kunnen?'

'Mag ik die zaklamp eens?' Izmet steekt zijn hand uit. Adriana legt er de zaklamp in.

Izmet schijnt over de kroonluchter. 'Kijk eens', wijst hij. 'Er zit bloed aan.'

Ze buigen zich over het koperen gevaarte met de glazen druppels. Op een arm van de kroonluchter, die vervaarlijk uitsteekt, zit een vlek, net als op een van de druppels. Izmet schijnt er vol op met de lamp. Het vlekje op de glazen druppel licht rood op. Izmet beweegt de lichtbundel over de vloer. Ze zien een donkerrode veeg, en nog een …

Ze lopen in de richting van de trap. Op de tweede trede vinden ze nog een bloedvlekje.

'Hij is gewond', concludeert Adriana. 'En hij is naar boven gegaan. Wat is er boven?'

'De slaapkamers', zegt Margot. 'En het zolderkamertje van Doortje.'

Izmet geeft de zaklamp terug aan Adriana. 'Ik ga naar boven', zegt ze. 'Ik ga proberen met hem te praten.'

'En als hij gewapend is?' fluistert Gina.

'Dat ben ik ook', zegt Adriana vastberaden. Ze zwaait met de massieve zaklamp. 'Margot, wijs jij me de weg?'

Margot loopt naast Adriana de trap op. Een voor een sluipen de anderen er stilletjes achteraan.

Er schijnt licht onder de deur van Doortjes kamer door. Adriana draait zich om en legt een vinger op haar lippen. Dan duwt ze de deur in één keer wagenwijd open.

Margot dringt zich onmiddellijk naar voren, zodat ze naast Adriana staat. Ze kijken de kamer in. Evert Nieuwdorp ligt half op het bed van Doortje. De olielamp en alle kaarsen in de kamer zijn aan. Naast Evert op het bed ligt een felle zaklamp, die zijn gezicht in een spookachtig licht zet. Hij heeft zijn linkeronderbeen met twee handen vast. Margot ziet dat zijn broek gescheurd is en dat zijn scheenbeen een lelijke wond vertoont.

'Zo, Evert', zegt Adriana kalm. 'Kwam je nog eens proberen de boel in de fik te steken?'

Evert steunt. 'Ik weet niet waar je het over hebt, Adriana. Ik kwam … ik kwam alles hier nog eens nalopen voor de sloop en … en toen struikelde ik over die vervloekte kroonluchter in de hal. Ik ben blij dat je er bent. Je kunt me naar een dokter brengen.' Hij kijkt naar Margot. 'Ik wist niet dat jullie elkaar kenden.'

'Doe maar niet zo onschuldig, Evert', snauwt Adriana. 'Jij hebt Doortje geduwd, en wij weten het. Je bent naar het ziekenhuis geweest en hebt haar bang gemaakt. Wat heb je tegen haar gezegd?'

'Klets geen onzin', kreunt Evert spottend. 'Help me liever.' Hij doet een onhandige poging om overeind te komen, maar valt met een kreet van pijn terug op het bed.

Adriana gooit haar handen in de lucht. 'Onzin? Is het soms ook onzin dat jij degene was die mijn vader overhaalde om Villa Amandine af te breken om een appartementsgebouw op die plek neer te zetten?'

'Nee, natuurlijk niet', roept Evert. 'Met een appartementsgebouw is een heleboel geld te verdienen!'

'Geld waarop jij recht hoopte te hebben door met mij te trouwen', zegt Adriana minachtend. 'Maar moest je daarom Doortje een duw geven en de lamp onder het gordijn zetten? Zodat de villa niet meer afgebroken hoefde te worden, maar vanzelf zou afbranden met Doortje erin?'

'Daar heb je geen enkel bewijs voor', smaalt Evert.

'Maar het zat tegen, hè? Margot was net op tijd om de lamp weg te halen en Doortje kwam weer bij en kon een verklaring afleggen', raast Adriana verder. 'Dus moest je haar komen bedreigen, zodat ze haar mond zou houden!'

'Pff', blaast Evert. 'Dat ouwe, seniele mens geloven ze toch niet. Ze is niet meer goed bij haar verstand. Ze is gewoon gevallen, punt uit.'

'Doortje is niet seniel!' protesteert Margot. Met vlammende ogen kijkt ze naar de gewonde man op het bed. Hij lijkt totaal niet meer op de aardige papa van Wessel, die ze nog geen twee weken geleden heeft leren kennen.

'Waarom zit je eigenlijk hier, op dit kamertje? Waarom heb je niet meteen een dokter gebeld toen je over die kroonluchter was gevallen?' wil Adriana weten.

'De batterij van mijn mobieltje is leeg', mompelt Evert.

'Ik geloof er niks van', snuift Adriana. 'Laat zien.'

Evert zucht. 'Adriana, toe nou, zo ken ik je niet.' Hij voelt met zijn rechterhand in de zak van zijn jas. Margot verwacht dat hij zijn mobieltje eruit pakt, maar in zijn hand houdt hij een zakdoek, die hij tegen zijn been duwt.

Dan slaat haar hart een tel over. Het licht van de zaklamp op het bed schijnt over Everts jas. Een dikke, donkerbruine winterjas met knopen, waarvan de tweede ontbreekt.

Margot voelt in haar jaszak. De knoop die naast Doortje op de vloer van de zolderkamer lag, zit er nog. Het is precies zo'n knoop als de andere knopen op de jas van Evert.

'Ik weet wat hij hier doet!' roept Margot. 'Hij zocht deze knoop! Het bewijs dat hij hier geweest is! Ik heb hem naast Doortje op de grond gevonden! Ik dacht dat hij van Doortje was, maar kijk eens naar zijn jas?'

Ze steekt de knoop triomfantelijk naar voren.

Als hij de knoop ziet, verliest Evert Nieuwdorp zijn zelfbeheersing. 'Ik wilde haar helemaal niet vermoorden!' schreeuwt hij. 'Ik zei alleen dat ze moest opkrassen en ons met rust laten met haar stomme testament! Ze wilde niet, en toen gaf ik haar een duw. Per ongeluk iets te hard. Ze viel tegen de schouw. Het was een ongeluk!'

'En die lamp dan?' vraagt Adriana scherp. 'Dat was wel met voorbedachten rade, of niet soms?'

'Ik wilde niet dat iemand zou weten dat ik hier geweest

was', mompelt Evert. 'Maar ik deed het voor jou, Adriana! Je vader had mij ooit verteld van dat testament waarin zou staan dat je overgrootmoeder de villa nagelaten had aan ene Doortje, en ook dat hij dat verhaal niet geloofde. Maar toen kwam zij', hij gebaart met een driftige hoofdknik naar Margot, 'met die vraag over de erfenis van dat huis ...'

'Ik heb geen huis genoemd!' roept Margot.

'Dat heb je wel', snauwt Evert. 'Je versprak je. Je zei letterlijk: "Is dat huis ... eh ... die erfenis dan nog voor jou?"'

Margot zwijgt geschrokken. Heeft ze dat echt gezegd?

'Toen ging ik nadenken. Erfenis, vijftig jaar later, huis, Zandplaat. En toen er die avond ook nog ene Doortje verdwenen was uit een bejaardenhuis in Duinvoorde, nou, toen was het rekensommetje snel gemaakt. Ik ben op goed geluk naar Villa Amandine gegaan, en ja hoor, daar zat ze.'

Die bandensporen waren dus toch van hem, denkt Margot. Het lijkt alsof haar keel wordt dichtgeknepen.

'Het spijt me, Adriana', gooit Evert het ineens over een andere boeg. Hij kijkt Adriana smekend aan. 'Kunnen we dit niet gewoon vergeten? Het testament is waarschijnlijk toch niet meer geldig. Dus voor ons verandert er niks. Ik zal het goedmaken met dat vrouwtje. Ik zal alle kosten betalen. Ik wilde gewoon niet dat het huis voor ons verloren ging, begrijp dat dan!' Evert schudt zijn hoofd. 'Er is zoveel geld mee te verdienen ...'

'Geld, geld, geld! Dat is het enige waar jij aan denkt!'

Adriana is witheet van woede. 'Ik zal je één ding vertellen, Evert Nieuwdorp: het is uit tussen ons! Jij kunt naar dat geld fluiten! Ik geef je aan!'

'Nee! Adriana, alsjeblieft!'

Maar Evert kan smeken wat hij wil, Adriana is onverbiddelijk. Ze pakt haar mobieltje en toetst het nummer van de politie in.

23

Een week later mag Doortje naar huis. Ze gaan haar met z'n allen ophalen in het ziekenhuis. Sebastiaan rijdt haar in een rolstoel naar de lift, terwijl Margot haar tas draagt. Buiten staat de bestelbus van Adriana te wachten. Daar kan de rolstoel gemakkelijk in.

'Wat ben ik blij dat ik weer thuis ben', zucht Doortje, als ze weer in haar eigen luie stoel in haar appartementje in het bejaardenhuis zit. Ze kijkt hoofdschuddend naar Adriana.

'Kindje toch', zucht ze. 'Ik vind het zo sneu voor je. Ik wist helemaal niet dat je zo aardig was. Ik dacht dat de Coornherts allemaal geldwolven waren. Behalve de oude mevrouw dan. Het spijt me.'

Adriana begint te lachen. 'Mijn vader en grootvader zou je inderdaad geldwolven kunnen noemen. En Evert was geen haar beter. Weet je, het schijnt zelfs dat mijn grootvader iets te maken heeft gehad met die brand in het notariskantoor. Het is nooit bewezen, maar het was wel erg toevallig dat het nieuwe testament van mijn overgrootmoeder juist in dat kantoor lag. Mijn grootvader heeft toen blijkbaar al willen voorkomen dat jij het huis kreeg.'

Doortje krijgt tranen in haar ogen. 'Je overgrootmoeder was zo'n lief mens', zucht ze.

'Ik wou dat ik haar gekend had', zegt Adriana zacht.

'Ik vind het zo zielig voor Wessel', zegt Margot.

'Gelukkig heeft hij een hele lieve moeder', vertelt Adriana. 'Ik heb haar een paar keer ontmoet als ze Wessel kwam brengen. Ik zal Wessel ook missen. We konden goed met elkaar overweg.'

'Wat gaat er nu gebeuren met Villa Amandine?' wil Amber weten.

Adriana kijkt hen met glinsterende ogen aan. 'Daar hebben Sebastiaan en ik het al over gehad. Ook als de villa van mij blijft, en daar ziet het wel naar uit, ga ik er geen appartementsgebouw voor in de plaats zetten. Ik vind Sebastiaans idee veel beter dan dat van Evert. We gaan de villa opknappen en er een vakantiehuis voor kinderen van maken.'

Ze beginnen door elkaar te joelen en te applaudisseren. Maar dan merkt Lars op: 'Dat kost wel een hoop geld.'

'Mijn vader heeft me een aannemersbedrijf en een niet onaardige erfenis nagelaten', glimlacht Adriana. 'Dat komt wel goed.'

'Die Evert heeft je wel flink bedonderd', zegt Daan. 'Het was hem alleen om het geld te doen.'

'Ach.' Adriana kijkt snel even naar Sebastiaan, die prompt een kleur krijgt. 'Daar kom ik wel overheen.'

'Ze zijn verliefd', fluistert Amber in Margots oor. Ze beginnen te giechelen.

'En weet je wat?' zegt Sebastiaan. 'Als de villa klaar is, krijgt ze een andere naam.'

'O', schrikt Doortje. 'Zou je dat nu wel doen? Mevrouw was zo gehecht aan haar Amandine.'

'Maar het was ook de wens van mevrouw dat jij de villa zou krijgen', verklaart Adriana. 'Jij bent haar tenslotte haar hele leven trouw gebleven. Ik weet zeker dat ze geen bezwaar zou hebben tegen de naam die ik de villa wil geven.'

'Welke naam is dat dan?' roepen ze door elkaar heen.

Sebastiaan en Adriana wisselen opnieuw een blik.

'Villa Theodora', zegt Adriana plechtig.

En daar moet Doortje toch even haar neus van snuiten.

Wil je reageren op dit boek of op een andere titel uit de serie Z.E.S., of wil je meer te weten komen over de auteur, ga dan zeker eens langs op www.anneriekvanheugten.com of http://annerieksboeken.blogspot.com.

Een nieuw avontuur uit de serie Z.E.S.

Een geheim achter glas

Lars houdt een slaapfeestje voor zijn verjaardag. Samen met
Daan, Amber, Gina, Izmet en Margot mag hij een nachtje in
een bungalow op het vakantiepark van zijn ouders slapen.
Die nacht wordt in het huisje naast het hunne ingebroken.
In de dagen daarna volgen nog meer inbraken. De daders
wachten telkens tot een huisje leegstaat en slaan dan hun
slag. Maar uit geen enkel huisje wordt iets gestolen, alleen
de inboedel wordt overhoopgehaald. Lars en zijn vrienden
proberen uit te zoeken wie het op het park voorzien heeft en
waarom.

Lees ook de delen die eerder in deze serie verschenen:

Amber komt in de oude vuurtoren van Zandplaat wonen. Daan zegt dat het er spookt. Amber gelooft er niets van, tot er vreemde dingen gebeuren …

ISBN 978 90 448 0751 6

Daan ontdekt op het kerkhof een graf van een jongen met dezelfde achternaam als zijn moeder. Waarom reageert zijn moeder zo vreemd als hij vraagt of deze Nico familie is?

ISBN 978 90 448 0784 4